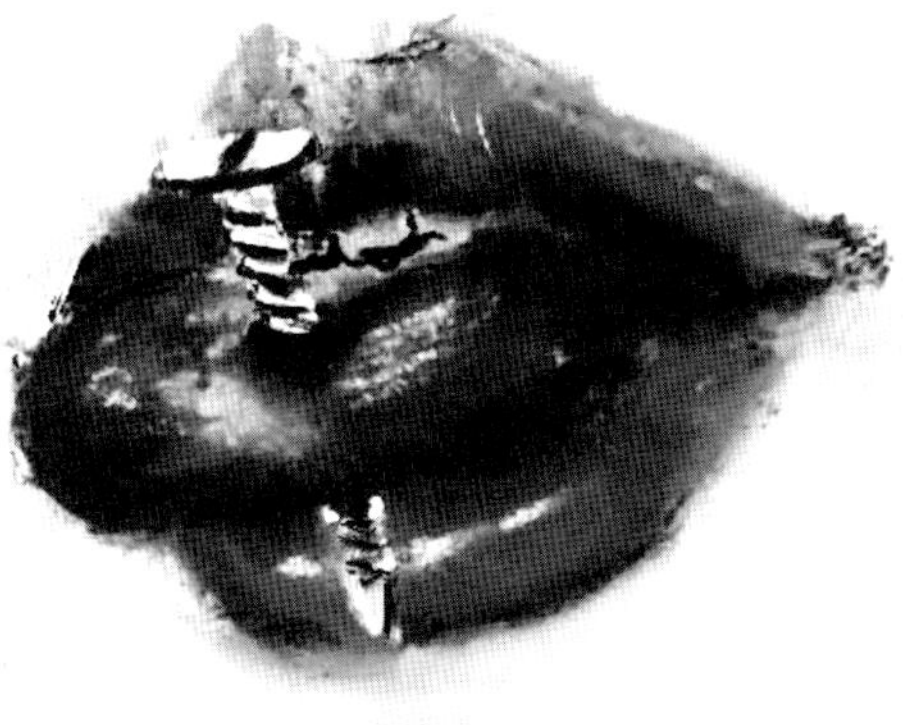

マシーン日記2021

松尾スズキ

白水社

マシーン日記２０２１

目次

登場人物

アキトシ
ミチオ
サチコ
ケイコ

プロローグ。

スライド「1年前・夏」

音楽が鳴り響く。
夜。雷。どしゃぶり。
半裸のミチオがおにぎりをつかんで、プレハブ小屋から駆け出てくる。去る。
ゴムの合羽《かっぱ》を着て、手に懐中電灯を持ったアキトシが、プレハブに入っていく。
プレハブの窓に明かりがともる。
すぐに、プレハブの窓とカーテンを内側から開け、外を見渡すアキトシ。
アキトシ、叩きつけるように窓を閉め、プレハブから出ていく。
ややあって、閉じられた窓からサチコの上半身が見え、サチコ、カーテンを閉じる。

が、すぐにプレハブの壁が非現実的に開き、部屋の中が見える。
サチコが半裸であることがわかる。
床にティッシュの山。そして皿に盛られたおにぎり。
突然、背後の窓を、ずぶぬれのミチオが叩く。
驚いて振り返るサチコ。
なぜかニコニコしながらおにぎりを頬張《ほおば》るミチオ。
どうしていいかわからず泣き笑いで応えるサチコ。
もう一方の窓から、アキトシの姿が近づく。
ミチオに懐中電灯の光を当て、合羽から頭を出すアキトシ。

アキトシ　「(叫ぶ) ミチオーーー!」

アキトシ、ミチオを殴る。
暗転。

スライド「兄貴は」

「その嵐の夜俺が」

「離れのプレハブ小屋で」

「強姦した」

「憐れな女工と」

「夫婦になった」


主な舞台はミチオの部屋。

築七、八年はたとうというプレハブ小屋である。

内部には、積み上げられたおびただしい漫画本の数々、湿った布団、テレビ、ビデオ、本棚、小さな仕事机、わけのわからない電気製品の部品の数々、シリアル食品のゴミ、コーラの空缶等、だらしない室内労働者のリアルで満ちあふれている。

部屋の奥の壁には窓があり、窓の向こうは小屋の狭い裏道。

その向こうには、人造の池があるらしく、ときおり巨大な水棲生物が、不気味に跳ねている。

客席側の壁は、左右に開閉できるようになっていて、壁の窓には通常カーテンがかけてあり、壁が開いているときにのみ、客は部屋の全貌《ぜんぼう》をうかがい知ることができる。閉まっているときは、舞台は、プレハブ小屋を背後にした道ということになる。

プレハブの表側の壁には、「ツジヨシ兄弟電業・第2作業所」の看板。そして、下のほうには、ホースのついた蛇口がある。

客入れの段階では、壁は閉じられている。

また、ときおり舞台には鉄の壁が出現し、工場内部になる。

今、プレハブの壁は開いている。

唐突に蛍光灯の明かり。

作業着姿のアキトシが、ミチオの部屋の電気をつけた。

風呂敷包みを手にしている。彼の左手（軍手着用）は、六本指である。

一方ミチオは、タオルケットにくるまって汗まみれで不様《ぶざま》に寝ている。

アキトシ　「（汗を拭う）おい、起きろ、とは言わないぞ」

ミチオ　「……（寝たまま）むう」

アキトシ　「朝、電気をつけて、おい、起きろ。兄さんそんなもう、当たり前のこと、おまえに言い飽きたんだからな」
ミチオ　「（まぶしい）……んあが」
アキトシ　「毎日毎日、くだらない。お前とつきあってると、よくわかるよ」
ミチオ　「（紐を結んでのばした蛍光灯のスイッチに目をつむったまま手を掛ける）……んふぐ」
アキトシ　「当たり前をくりかえすってのは、ただそれだけでほとほと疲れるんだってことがな。だけど、すでに電気をつけてしまった以上、おい、寝てろ、とは兄さん言えない言えない。それじゃ、電気をなぜつけた、そういう話になるじゃないか。起きてもらう。だが、起きろとは言わない。その気持ちを兄さん、この言葉に託してみようと思う。そしておまえは、目覚めるんだ」

間。

アキトシ　「家族で行ったジャングル風呂のことを思い出せ」

電気を消すミチオ。
電気をつけるアキトシ。

アキトシ「……消すなよ」
ミチオ「(まぶしい) んあげ」
アキトシ「ミチオ」
ミチオ「……」
アキトシ「返事をしろ」

ミチオ、動かないまま、屁を放つ。
アナーキーなまでに寝起きが悪い彼だった。

アキトシ「屁で返事をするな! ……兄さんな……臭い! 臭いな、おい。おまえ、これ、なんだこれは? すげえなんか抽象画みたいな世界観のある臭さだな。一日中部屋にいるくせによくこんな岡本太郎みたいな屁がこけるな」

電気を消すミチオ。
電気をつけるアキトシ。
不思議な格好で寝ているミチオ。

アキトシ　「消すなって言うの。臭いわ暗いわじゃ、兄さん逃げ場がないだろうが。暗やみが臭いのって、あんまり経験なくて胸が不自然にときめいたぞ。俺、初恋とかしたことないけどよ、これがそうなら、すげえ損した気分だよ、ばかやろう」

ミチオ　「（ねぼけて）わだふ、ふむふが、あふが？」

アキトシ　「日本語喋《しゃべ》れ。兄としての最低限のお願いだよ。日本の言葉を喋ってくれ。ふがふがふがふが言ってるうちに、何かが通り過ぎればいいと思ってるかもしれんが、俺はがぜん、居座るからな。（起きないので）……おまえ、このやろう。泣いてたくせに。覚えてるか、家族で行った栃木のジャングル風呂。おまえ、泣いとったなあ。ライオンの口からお湯が出るーちゅーて。あれ、家族だなあ。ライオンの口から湯が出るーちゅて、弟が泣くのは、あれ、家族だったなあ。家族って朝起きるんだよ。だからジャングル風呂でのときめきを忘れちゃいけないっていうのよ」

ミチオ、もそもそ起きて、ケロッグの箱を手に取り、ケロッグを出して頬張る。

アキトシ「（めまい）信じがたい行動をとるな、おまえは。朝起きていきなり、乾きものに手を伸ばす人間を、初めて目のあたりにしたぞ。普通おまえ、喉が渇いてるものじゃないのか。真夏の朝、汗まみれで目覚めた若者というものは」

ミチオ、タオルケットを被っていびきをかいて寝る。

アキトシ「嘘《うそ》だろう！　おい！　ミチオ！　寝る？　おまえは、砂漠に住む動物か。何か飲め。ケロッグ喉につめて死ぬぞ、おまえ」

ミチオ、のそのそ動いて、本棚の缶コーラに手を伸ばす。このとき、ミチオの足が、鎖でプレハブ小屋につながれているのがわかる。ミチオ、コーラを思い切りふる。

アキトシ「……正気か、おまえ？　大惨事になるぞ」

ミチオ、コーラの栓を開けると、中身が吹き出て、コーラまみれになる。

ミチオ「あ！　あっ！　あー！（大げさにのけぞり、ケロッグを吹き出す）」

アキトシ「どこ地方の儀式だ、それは。（だんだん興奮して、六本目の指をさする）三〇年間生きてきて、コーラの飲み方も覚えられないのか？」

ミチオ、コーラまみれのまま寝てしまう。

アキトシ「（六本目の指をさすり）……兄指がうずくぜ。（怒鳴る）ミチオー！　……

起きろー！」

ミチオ、初めて目を開ける。

ミチオ　「……（気だるく）おはよう」

間。

池の生きものが跳ねる。水しぶき。

アキトシ　「（傷つく）……例えばこういう具合に俺は、日々、おまえに当たり前の男にされていくわけさ。かつては……大田区《おおたく》のシド・ビシャスと呼ばれたこの俺がだよ」

ミチオ　「何言ってんだよ」

アキトシ　「（いじけて）芸術家だね、おまえは。……（ミチオを真似《まね》して）コーラこんな風にしちゃったりして」

ミチオ　「ええ？　俺が？　寝呆《ねぼ》けてたんじゃないの？」

アキトシ　「専門学校にたとえようか。俺が東京ビジネススクールだとしたら、おまえは東京モード学園というわけか」

ミチオ　「（笑）というわけかって」

アキトシ　「新宿のよう、あんなエヴァンゲリオンに出てくる化け物みたいなビルの中で正気を保ててるやつらにはかなわねえよ。こちとら当たり前すぎてすいあせんでしたね。くそっ！　専門学校め！」

ミチオ　「朝っぱらからよく、わけわかんないこと矢継ぎ早に言えるな（床のコーラをふきながら）」

アキトシ　「……おい。『けっ』、てなんだ？」

ミチオ　「……びっくりだよ。『けっ』、なんていつ言ったよ」

アキトシ　「言ったんだよ。『けっ』って」

ミチオ　「いつの『けっ』だよ」

アキトシ　「俺が渋谷の駅で髪の長い外人から買った美しい風景画を玄関に飾ったら、おまえ『けっ』つっただろ」

ミチオ　「それ何年前の話？　タトゥーがMステばっくれた頃か？」
アキトシ　「そんとき『けっ』て言ったのは俺なんだよ」
ミチオ　「おお」
アキトシ　「今こそ聞こうじゃないか。『けっ』ってなんだ？」
ミチオ　「知らねえんだよ。言ったかどうかも覚えてねえし」
アキトシ　「相手は髪の長い外人だぞ。おまえ電機修理工じゃねえか。日本て国は、電機修理工が、髪の長い外人に、『けっ』って言えるほどに、あれなのか？戦後を克服してるって言えんのか」
ミチオ　「……あんた、三十五歳だろ？」
アキトシ　「三十五歳が戦後を語っちゃいけねえのかよ」
ミチオ　「飯にしようよ！　サチコ来てんだろ、外に」
アキトシ　「（ミチオを平手打ち）いいかげん覚えろ。モザイクかける前のちんぽみたいな顔しやがって」
ミチオ　「モザイクかける前のちんぽは、ちんぽだぜ」
アキトシ　「……！」

ミチオ　「なにハッとしてんだよ」
アキトシ　「義姉《ねえ》さんの名前を呼び捨てにするな」

間。

ミチオ　「……サチコ義姉さん。いるんだろ？」
アキトシ　「いたらなんだ。また犯すのか」

間。

屁をこくミチオ。

アキトシ　「屁で返事をするな！」
ミチオ　「出るんだもの！」
アキトシ　「……臭い！　さっきより水っぽくて怖いぜ！（窓を開ける）換気！　換気！」

燦然《さんぜん》と陽が差し込む。
サチコが窓の外に。池の生きものにバケツから餌《えさ》をやっていた。

アキトシ「……サチコ、何してるんだ」
サチコ「あ……。虫太郎に餌を」
アキトシ「ばか。人間の餌が先だ」
サチコ「また、長びくのかなと思って」
ミチオ「もうすぐ始業時間だろ。早いとこかたしちゃおうぜ」
アキトシ「……かたすとか、おまえな、一家の唯一の団欒《だんらん》を、そういう風に……
あれだぞ、おまえ」
ミチオ「(指を突き付け) 今日新しいパートのおばさん来るんだろ? いいわけ?
のんびりしてて」
アキトシ「(きっぱりと) かたすな。噛《か》み締めろ。……今朝のテープ」
ミチオ、ラジカセにテープを入れると、柔らかなクラシック音楽がかかる。

ラジカセの声　「朝です。福島ハルヲです。おはようございます。さわやかな朝は、音楽のある朝ご飯から始まります。今日は、八月十四日。夏真っ盛りということで、ビバルディの《四季》から、第2番ト短調、作品8の2、『夏』を、選曲してみました。さあ、自分に分相応な、そして栄養バランスの良い食事を、よく噛んで、いただきましょう」

お膳に朝食を乗せたサチコが入って来て朝食の支度。

アキトシ　「(サチコに) 今日は何?」

サチコ　「(支度しながら) いえ、あの、普通に、おみおつけと、ノリと、おしんこ、アジの味醂干《みりんぼ》し? (無意味な笑い) あと、しらすおろし……みたいな。すいません。いつも芸がなくて」

アキトシ　「いいのさ。充分だよ。○○センチ○○キログラム (演者の数値で) の男の器量に、内輪で一番近い朝食だよ。福島ハルヲ先生も言ってるわな」

間。

ミチオ　「等身大の食事をせよ」

アキトシ「毎日聞いてんのか。テープ」

ミチオ　「ぼちぼち」

アキトシ「本も読め。写真も拝め。むっふふふふ。おまえも早く集会に出れるようになればいいいんだけどな。むっふふふふ！」

ミチオ　「気持ちわりいな」

アキトシ「本当におまえ、心洗われるぞ。（ニコニコとサチコに）なあ、早くな。仮釈放あげたいよな」

サチコ　「……（うなずく）」

アキトシ「あげたいよな、仮釈放（ニコニコとミチオに）いただきますは？」

アキトシ「ミチオ。いただきますは？」

間。

ミチオ　「（ニコニコと）いただきます」
アキトシ　「（箸をバンと置いて）よし聞いた！　（立ち上がる）」
ミチオ　「どこいくんだよ!?」
アキトシ　「糞《くそ》だよ」
ミチオ　「糞すんのか！」
アキトシ　「我慢しきれると思ったんだよ！　それは誤算だったんだよ！　だから、せめておまえの『いただきます』を聞いてからにしようと思ったんじゃねえか」
ミチオ　「聞く前だろ！　普通は聞く前に行くんだよ！」
アキトシ　「聞く前に行ったら、おまえらずっと待つだろ」
ミチオ　「待つよ！　一緒に飯《めし》食いにわざわざ来てんだろあんた!?」
アキトシ　「じっと待つだろ！」
ミチオ　「騒げねえだろ。わあ、兄貴がクソしてる。わあわあって」
アキトシ　「じっと待たれてる糞、する気持ち、わかるほど便所に行けることやるか？」

ミチオ　「あ？」
アキトシ　「じっと待たれてる糞、する気持ち、わかるほど便所に行けることやるか？」
ミチオ　「じっと待たれてる糞、する気持ち、わかるほど便所に行けることやるか？」
アキトシ　「ああ！」
ミチオ　「まったくなに言ってるかわからねえよ!!」
アキトシ　「つきあってられねえよ」

去るアキトシ。

間。

飯を食うミチオとサチコ。

ミチオ　「(アキトシが持ってきた包みを指差し)それ、今日の分か？」
サチコ　「……うん。ジューサーミキサー。河原《かわはら》さんちの。スクリューがグラグラするんだって。別に急がないらしいけど」
ミチオ　「(食べながら)ここんとこ兄貴、また、(手を斜めに上昇させて)こうだな」

サチコ　「気づいてた？　私、ちょっと、恐いんだけど」
ミチオ　「……見てんだろこれ？」
サチコ　「え？」
ミチオ　「兄貴」
サチコ　「私……（手をふる）」
ミチオ　「見はってんだよ、今」
サチコ　「（恐る恐る振り返る）……（誰も見てない）」
ミチオ　「見はってなくても見はってんだよ」
サチコ　「（もそもそ食う）……」
ミチオ　「おい」
サチコ　「……（びく）はい」
ミチオ　「うぇあ（口の中のものを見せる）」
サチコ　「……（うつむいて笑う）」
ミチオ　「……（笑う）」

一瞬それは、調和の取れたささやかな幸せの食卓に見える。

すぐにプレハブの壁、閉まる。

頭にスカーフを巻き、荷物を持った女、ケイコ、例えば西部劇のガンマンのように登場。

壁の看板を、見つめる。

サイレンの音。

音に顔を上げるケイコ。そのまま去る。

金属の壁が出現、工場になる。

アキトシが現われ、架空のスイッチを次々に入れていくと、断続的な機械音がひびき、
工場は動きはじめる。

三角巾をつけたサチコが現われる。

アキトシ　「そろそろ釈放してやらにゃあな」
サチコ　「え？」
アキトシ　「ミチオよ」
サチコ　「ああ。……ね、パートさん来てるの？」

アキトシ　「ああ、けっこうエッジの効いたパートさんだぞ」
サチコ　「エッジ」
アキトシ　「効かせてみろ？」
サチコ　「エ、エッジな、ほいほい（無理に効かせようとしてみる）」
アキトシ　「いいよ、かわいそうだよ、なにがほいほいだよ。おまえにエッジなんか一生期待してないから（六本目の指をさすっている）」
サチコ　「……また、うずくんですか？　兄指」
アキトシ　「（答えず）なにしろ、大卒というところに惚《ほ》れたよ。おまえ初めてだろうが、この工場に大卒の嵐が吹き荒れるのは」
サチコ　「嵐ですか」
アキトシ　「なんつうかな、ついに俺の工場にも大卒が出たかと、な、工業高校出の俺が大卒を使う、下剋上つうかな、なんか、俺も来るとこまで来たみたいな感じだよな」
サチコ　「それで（ハイなの）か」
アキトシ　「なんだ？」

サチコ　「ううん。なんでも」

アキトシ　（奥に）カゲヤマさーん！　大卒のカゲヤマさーん！　着替えたらこっちのコンベアに来てください！　うちのワイフが手順教えますから。（サチコに耳打ち）今は敬語だけどな。徐々に高卒サイドにとりこんでく。（自分を指差し）俺、策士だもの」

サチコ　「アイアイサー」

なぜか照れるアキトシ。

アキトシ　「有線ひいといたっす」

サチコ　「え？」

アキトシ　「中卒のおまえが、大卒になめられないようにな。有線ひいといたから。（スイッチを入れると軽音楽が流れる）学歴はあげられないけど、有線ぐらいはな。へへ」

サチコ　「……ありがとう」

アキトシ、去る。

サチコ「……恐い、恐い！」

作業着のケイコ登場。

ケイコ「何が恐いの？」
サチコ「（どきっとして）きゃー！」
ケイコ「ひさしぶりね。こんな形で再会するとは」
サチコ「……あっ」
ケイコ「城南中学三年二組、サメジマサチコさん」
サチコ「先生！　えー、嘘！　カゲヤマ先生ですか！」
ケイコ「思い出した？」
サチコ「忘れません！　私、卒業して一度も先生のこと忘れません」

ケイコ「そう？　私、人に忘れられたことないから普通にうけとめてしまうけど」
サチコ「私と、真逆だ」
ケイコ「真逆？」
サチコ「あ、別に、一八〇度違うっていうあれですけど、ええ？　じゃ、新しいパートの人って、先生ってこと？　嘘。偶然？」
ケイコ「そうみたい。さあ、仕事を教えてちょうだい」
サチコ「あ、あ、はい。ええ？　でもどうして。う、うわあ、くらくらする。おもしろい。どうして？」
ケイコ「私が生活を変えようとしたら、そこにたまたまあなたがいただけよ。おもしろいような話が入りこむ余地なんてないわ。さ、始めましょ。これからはあなたが私の先生なのだから」
サチコ「う、うわあ。緊張しますです」
ケイコ「(突然) ふっふっふっふっ」
サチコ「な、なんですか？　恐いです恐いです」
ケイコ「あ、ごめん。こんなにたくさんの機械に囲まれたの生まれて初めてだから、つい、ふふ、笑いがこみあげてしまった」

サチコ　「……ああ、そう……ですよね、機械っておもしろいですよね。……ギイギイゆって」

ケイコ、作業を始める。

サチコ　「えっ？　できるんですか？　え？　どうしてできるんですか？」
ケイコ　「……わかる。わかるわ。……うん、わかる。ふっふっふっふっ。ＯＫ。できる。……」
サチコ　「初めてっしょ？　初めてっしょ？」
ケイコ　「コンプリート」

何か、製品を作り上げたらしい。

サチコ　「すごいすごい！　やっぱり先生は先生です。私、それ作るのに二日かかったのに」
ケイコ「何言ってるの。あなた、私の雇い主なんだから、さあ、こき使いなさいな」
サチコ「……ひゅう（首をふる）」
ケイコ「いいのよ。こき使いなさい。ちょっと、あんた、感じのいいGパンはいてるわね。こき使いなさい」
サチコ「ただ使うだけじゃダメですか？」
ケイコ「こき使いなさい。何しに来たと思ってるの？」
サチコ「……努力してみます」

サチコ、ベルトコンベアのスイッチを入れる。
動力が入り、インダストリアルなリズムが響きわたる。

ケイコ「（ギク）こ、これがベルトコンベアって奴《やつ》か。（顎《あご》の汗を拭い）……初体験」
サチコ「……」
ケイコ「初体験」

サチコ　「そうなんですね。ごめんなさい、脅かして」

ケイコ　「……いいの。（ためいき）噂《うわさ》には聞いていたわ。機械の部品が来るわけよ。どんどん来るわけよ。自動的なのね。部品がどんどん、攻めてくる。うわ、ちょっと音楽止めてくれない？」

サチコ　「は、はい（有線を止める）」

ケイコ　「……ベルトコンベアの声に集中したいの」

サチコ　「声……」

間。目を細め聞き入るケイコ。

ケイコ　「……ポエティック。……あ！　ごめんなさいね。音楽で生産性の能率を上げるって、やり方も、帝王学の一つなのに」

サチコ　「いいんです。有線なんて、夫の趣味ですから」

ケイコ　「じゃ、始めるわよ」

サチコ　「……（うなずく）」

二人、見事なパントマイムで流れ作業を表現する。

サチコ「……ふふ（ケイコを真似て）始めるわよ。ふふ」

ケイコ「何？」

サチコ「懐かしいです（腕を振って走る真似）」

ケイコ「ああ……、放課後ね」

サチコ「走りました。もう、毎日地獄でしたよー。生きてここにいるのが不思議なくらい、走りましたもん。吐いたなあゲロ。おえーって。先生、おえーって」

間。

サチコ「逆に今こうしてのうのうと生きていられるのは、あの頃のおかげだと思ってるんですけど」

ケイコ「……」

サチコ　「真剣な話っすよ」
ケイコ　「（考えて）……本当にそう思ってる？」
サチコ　「サメジマ真剣っすよ。あ、今、ツジヨシですけど……。ああ。うわあ。今、昔の自分のキャラクター思い出して、うっとなった」
ケイコ　「（二度うなずき、仕事に戻りつつ）……聞いていい？　第2作業所っていうのは何をするところなの」
サチコ　「……ああ、見たんですか？　プレハブ」
ケイコ　「ここにくる途中、ちらっと」
サチコ　「（かぶりをふって）あれはいいっすよー」
ケイコ　「何それ？」
サチコ　「主人の弟が一人でやってるんです。屁みたいな男ですよ。ケロッグとコーラの食べ過ぎで、お尻がバカになってるんですかね。年がら年中、ブーブーおならこきます」
ケイコ　「弟が？」
サチコ　「て言っても、あたしより年上ですけど。ろくでもないですよ。あれは」

ケイコ　「ほー、ろくでなしなの？」
サチコ　「ええ……。まあ、もっと、ぴったりの表現があれば、あれですけど」
ケイコ　「どんな風に？」
サチコ　「あの、電機修理工としての腕はいいらしいですけどね」
ケイコ　「電気！　ＯＫ、電気を直すのね」
サチコ　「なんでもちゃちゃっと直しますから。小手先が器用って言うか。でも、ダメなんですよ」
ケイコ　「だからどんな風にダメなのよ？」
サチコ　「だって、プレハブに住んでるし」
ケイコ　「うん」
サチコ　「月収三万円だし」
ケイコ　「うん。それで？」
サチコ　「のろのろ動くんです。その緩慢な動きは、ヌートリアという雑食性のネズミの仲間を連想させます」
ケイコ　「あんた、ときどき、ナレーターみたいに」

サチコ　「あと、コーラ飲むとき空いてるほうの手が、必ず、こう、パーになって
るんです」
ケイコ　「何それ？」
サチコ　「倒れないようにバランスを取ってるんじゃないでしょうか」
ケイコ　「どうしてコーラを飲むのに、倒れそうになるんでしょう？」

二人、やってみる。

ケイコ　「……（はあはあ）そうとうダメね、これは」

間。

サチコ　「……例えば、会ってみます？　弟に」

音楽。金属の壁が開き、プレハブ小屋が姿を現わす。二人はそのまま。

サチコ　「……あの、主人には内緒ですよ。プレハブに人連れて来たって、あれしたら、はっきり言ってぶたれますから」
ケイコ　「ここに、住んでるの？」
サチコ　「ねえ。冷房とかなくても全然平気なんだから。信じられませんよ。この暑さで窓閉めきって。あ、あと、うち、お昼休み二〇分しかありませんから、手短にお願いしますね。遅れると時給にひびきますから」

サチコ、窓を開ける。

ケイコ　「……（鼻を押さえ）柔道部を感じる」
サチコ　「ミチオさん」

上半身裸のミチオ突然顔を出す。ヘッドホンを首に掛けている。

ミチオ　「（狂暴）勝手に開けるなって言ったじゃねえか！　何度も何度もおめえはよお！」
サチコ　「……（髪をかきあげて）開けたのよ」
ミチオ　「開けたのよって何だ？　どういう答えだ、そりゃあ！　殺すぞこらあ！　バカ！　中卒！　開けるなって言ってんだよ！」
サチコ　「恐くないよ」
ミチオ　「殺すっつってんだよ（手を伸ばす）」
サチコ　「（伸ばしても届かない位置に立っていた）全然恐くないや」
ミチオ　「殺す！」

ミチオ、駆け出てくる。
が、途中で鎖の長さが終わり、ずっこける。
間。

サチコ　「こんな按配《あんばい》で、本当にもう、しゃあないっすわあ」

ケイコ、突っ伏したミチオの顔を覗《のぞ》きこむ。ミチオ、気がつく。

ミチオ「……（無表情のままゆっくりプレハブに戻る）」

しばらくして窓から顔を出す。

ミチオ「（怒声）誰!? 誰なの!? 誰？ 誰なんだ、このおばさん！ 誰？ 誰かな？ ……知ってる人？ 誰？ 知らない人？ 誰なわけ？」

サチコ「（誇らしげ）カゲヤマケイコさん。あたしが中学のときの体育の先生。今日からウチで馬車馬のように働くんだから」

ケイコ「……別に馬車馬のようには働かないわよ」

間。

ケイコ　「普通に働くわよ」
サチコ　「すみません。つい、調子にのってしまいました」
ミチオ　「……このおばはんが？」
ケイコ　「おじゃまさせてもらうわよ」
ミチオ　「じょ、冗談じゃねえよ」

サチコ、ドアのほうに回って、開けようとする。

ミチオ　「（内側から押さえて）やめろおまえ、人連れてきたこと兄貴に言うぞ！」
サチコ　「開けなさいよ！　部屋から出たことばらしてやる！」

ミチオの力でドア開かない。

ケイコ　「どきなさい（サチコと代わってドアをひっぱる）」
ミチオ　「な、何すんだくそばばあ！」

サチコ　「（前に回って）オーエス！　オーエス！」

プレハブの壁が次第に開き部屋の中が見えはじめる。
ケイコの力に跳ねとばされるミチオ。

ミチオ　「うわあああ！」

部屋の中には奇妙なアンテナの付いた機械がある。
のしのしと入ってくるケイコとサチコ。

ミチオ　「……くそ。なんて力なんだ」
サチコ　「当たり前よ。（ケイコを指差し）あんたなんか、ひと飲みよ！」
ケイコ　「……飲みゃしないわよ」

間。

ケイコ　「何を言ってるのあなたは」
サチコ　「……ごめんなさい」
ケイコ　「暑いわね。窓を開けて」
サチコ　「はい！」

サチコ、後方の窓を開ける。

ミチオ　「(下をむき目を瞑《つむ》ったたまま) 勝手なことするな。いい加減にしとかないと、知らないぞ、おらあ」
サチコ　「いばれいばれ。バカみたい。こっちには先生がついてるんだから」

ミチオ、サチコの尻を思い切り蹴る。

サチコ　「んはあ！ (尻を押さえてよろめく)」

ケイコ、ミチオの首をつかむ。

ミチオ「こ……こかかか」
サチコ「(半泣き) さあ、五秒であなたの首をおるわよ。五、四、三……」
ケイコ「…… (手を放し) おらないって言うのよ」

間。

ケイコ「なんで私がこの人の首をおるのよ」
サチコ「……おりません。ごめんなさい」
ケイコ「さっきから、あんた私のことを何だと思ってるの?」
サチコ「……ふふふ (首をひねる)」
ケイコ「ふふふ、じゃねえてんだよ。私はね、新しい職場でお友達がほしいだけなのよ」

サチコ「おお、お、お友達い？（こける）ずでーん」

間。

サチコ「（起きる）よいしょ」
ケイコ「ちょっと暑いから、上、脱いでいい？」

上着を脱ぎ、ブラジャー一枚になり、棚のコーラを手に取り、栓を開けるケイコ。

ケイコ「（ミチオに）いただくわよ。あと、すごく基本的なこと聞いていい？（飲む）ぬるいわ甘いわ大騒ぎだね（捨てる）！　……あんた、なんで、つながれてるわけ？」
ミチオ「服着ろよ、おばはん」
ケイコ「なんでつながれてるの？（上着を回す）」
ミチオ「回すなよ作業着を」

サチコ「先生は今、部屋の空気を入れ換えてるのよ」
ミチオ「……」
ケイコ「なんでつながれてるのよ？」
ミチオ「……（サチコに）話していいんか？　……おい、女！」

サチコ、そこにあったタオルを振り回す。

ミチオ「回さないでくれよ。俺、三半規管が弱いんだから！」

間。

ミチオ「……話すから」

二人、やめる。

ミチオ　「話すよ。どうしてつながれてるのかだろ。早速そのことについて論考していきたいと思うけど、ふと目に入ると君らどうもいけないな。どういけないかというと、俺がこれから話すのはすんげー話だよ。な、五体満足な成人男子がプレハブに鎖でつながれてるって、すんげー話だろ。それを聞くにはよ、最低限それくらいすんごいことになってもらえないと、あんたら耐えられないよ。持ちこたえられない。俺の話が宇宙空間だとしたらおまえら宇宙服着てねえもんな、先ず。そういうことだから。そんな曖昧《あいまい》模糊《もこ》なことでよ、果たして俺の話が理解できるのかいな？　ちょいと疑問だいな。このやろう、おい、あんたさっきよ、どうしてつながれてるの？　って聞いたよな。俺は本当につながれてるのかね。俺を軸にして考えてみるよ。俺がいるな、足が生えてる、そっから鎖がプレハブに出ている。これだけだ。これでどうしてつながれてるって言う？　もしかしたら俺はプレハブをつないでいるのかもしれないよ。じゃあちょっとわかりやすくさ、布団で考察してみようか。布団というのはよ、一般的に寝る道具、寝具、と言われている。ちょっと寝てみるわ。寝るな。でもさ、人って布団で起きるよね。

てことは、布団は起き具であることがわかるな。起きる道具、起き具な。寝具があって起き具があって、で、寝床があって、起床がある。そういうことだろ。てことはよ、あんたらがさっきからプレハブプレハブ言ってるものも、怪しくなってこない？　本当にプレハブかなこれ？　ね、ちょっとなんかプレハブっぽいけどさ、ためしにここ吹いてみよう。（ミチオが壁を吹くとハーモニカを吹いた音が出る）えー。プレハブだと思っていたものから、ハーモニカのような音が聞こえたね。てことはこれハーモニカなんだな。ハーモニカをつないでる男、俺は長渕剛ってことになるね？（長渕の物真似をしてハーモニカを吹く）♪いつまでたっても恋の矢は、あなたの胸にはささらない〜！　…………というわけさ」

間。

ケイコ「……（拍手して）で、どうしてつながれてるの？」
サチコ「先生」

ケイコ　「何？」
サチコ　「もうすぐ、あの、お昼休み終わります」

突然、ケイコのズボンが、異様な金属音を発しはじめる。

ミチオ　「……何だよ、このおばはん」
サチコ　「何よ？」
ミチオ　「タイマーついてんのか？」
ケイコ　「……携帯よ」
ミチオ　「ケイタイィィ？　ケイタイがピコんピコん言うのか」
ケイコ　「（ポケットから出して）なんか……、壊れてるのよ」

間。

ミチオ　「出なくていいのか？」

ケイコ　「……あ？」
ミチオ　「出ろよ。電話」
ケイコ　「（手を振り笑う）ああ、出ない出ない」
ミチオ　「（いらいら）出ろよ！」
ケイコ　「こんな音の電話、出る気する？」
ミチオ　「（いらいら）出ろって！」
ケイコ　「ふっふっふっ」
ミチオ　「なんで笑ってんだよ？　出ればすむじゃん！」
ケイコ　「（笑う）こ、ど、も」
ミチオ　「どうして子供よ!?」
ケイコ　「（携帯を指差し）ド・コ・モ」
ミチオ　「……畜生、ふざけんじゃねえぞ！　ふざけんじゃねえぞ！」

ミチオ、ケイコにつかみかかる。

サチコ　「やめてよ！」

サイレンが鳴る。

サチコ　「（！）大変！　もどらなきゃ！　先生！　先生！　もどらなきゃ！　主人に見つかっちゃう」

無言でつかみあうケイコとミチオ。

サチコ　「やめてよ！　（泣いている）先生！　時給が！　時給が下がります！　ねえ、時給が下がります！　（二人の間に割って入る）先生の時給が下がります！」

サイレンが鳴り終わり、ようやく落ち着く三人。
いつの間にか、ケイコから携帯電話を取り上げているミチオ。

ミチオ「行けよ。……これ、直しといてやるから」
ケイコ「返してよ」
ミチオ「壊れてるんだろ？　ベル。一晩で直しといてやるから」
サチコ「先生。服を着て。ね、戻りましょ。夫に見られたら殺されますから」

ケイコ、サチコに渡された上着を着ながら。

ケイコ「じゃ、いいのね？」
ミチオ「ああ？」
ケイコ「じゃ、私また、ここに来るわけね」
ミチオ「……」
サチコ「……（叫ぶ）早く！」

暗転。

スライド「夜」
「あたしは夫の目を盗んで」
「先生と一緒に」
「工場に忍び込む」

懐中電灯を持ったサチコとケイコが、暗い工場に入ってくる。

サチコ　「……もう本当にこれっきりにしてくださいよ。本当にこんなことしてたらあたし、殺されますから」

ケイコ　「私のおかげで生きてるんじゃなかったの、あんた。殺されたってプラマイゼロじゃない」

間。

ケイコ　「冗談よ」

サチコ「何を、あの、なさりたいんでしょうか？」
ケイコ「何も。ただ、仕事を離れたところで、工場の中が見てみたかっただけ。ダメ？」
サチコ「ダメってことはないですけど。あんまり、あの、大きな明かりはつけられませんから」

サチコがスイッチを入れると、オレンジ色のきれいな明かりがともる。
間。静かに深呼吸するケイコ。

ケイコ「機械油のニオイ。神秘的ね」
サチコ「……あの」
ケイコ「（振り返り）スイッチの入れ方を教えてよ」
サチコ「ふふふ」
ケイコ「おっと、笑ってやがる」
サチコ「主人がね」
ケイコ「主人て、あんた、結婚してたの？」

サチコ「……（え？　なに？　信じられない）」
ケイコ「（心あまりなく）あ、ああ、ああ。そうか。ごめん。社長夫人だったよね、ここの。え？　違ったっけ」

雷。

サチコ「超、そうです。へへ私、先生と真逆《まぎゃく》だから」
ケイコ「真逆？」
サチコ「……ふふ。ふふふ、ふふ」
ケイコ「（笑う）気持ち悪いかもしれない」
サチコ「主人がね、あの六本指野郎がね、ハイなんですよ」
ケイコ「ハイ……。（つぶやく）雨来るかな。（舌打ち）傘……」
サチコ「（笑う）なんでこの頃口数多いの？　って思ってたら。くくく。やばいんですけどね。そういうとき主人。真面目な話。けっこうやばいんです。（突然）でも、あたしもハイなんです」

ケイコ「そうなの」
サチコ「めちゃめちゃハイです。サメジマ、今日、本年度最も喋ってますよー」
ケイコ「……ほう」
サチコ「感心もってくださいましてありがとうございます。先生には感謝しきれないので」
ケイコ「じゃ、恩、売るわよ」
サチコ「え？」
ケイコ「あの頃は、ほら、教師だったから。立場上、そんなことは言えなかったけどって話」
サチコ「あたしには教師以上でした」
ケイコ「だとしたら。だから、教師以上だった分を返してもらうわよって話。今、私、俗世間の人間だからそう言えるわけ」
サチコ「いや、そそ、そりゃあもう気持ちは」
ケイコ「恩が恩のままほっとかれるのって、健康に悪いって感じしない？　なんか、クーラーつけたのは私。お腹出したまま寝ちゃったのがあんた」

間。

ケイコ「冗談よ」
サチコ「先生」
ケイコ「……何？」
サチコ「ここに来たのって、偶然ですよね」
ケイコ「……あは。何、私、あなたに恩を返してもらうために、学校やめてここに働きに来たの？　すごいハイリスク」

間。

ケイコ「偶然よ」
サチコ「ですよねですよね。そんなわけないですよね」
ケイコ「ふふ。ね、スイッチを入れてよ。見たいの。……動いてるところが」

サチコ　「……（スイッチの一つを入れる）」

鈍い動力音。
静かに興奮するケイコ。

ケイコ　「……もっと、生きてるって実感のもてる仕事がしたくなっただけよ」
サチコ　「立派な仕事じゃないですか。体育の先生」
ケイコ　「私、ピアスしてんの」
サチコ　「え？　（ケイコの耳を見るが）どこに？」
ケイコ　「いやいや（笑ってうつむいて手をふる）」
サチコ　「どこにですか？」
ケイコ　「（手をふる）言うと腰抜かすから」
サチコ　「ええ!?　……（叫ぶ）どこだろう!?」
ケイコ　「給料の査定があいまいな感じが私向きじゃないと思ったわけ、先生って」
サチコ　「あ、え？　話戻りました？」

ケイコ　「私は確かにあなたを自殺から救ったわ。それも担任の教師の仕事だと思ったからね。でも、救っても救わなくても、ギャラは同じなのよ。公務員ってやつぁあさあ」
サチコ　「……はあ」
ケイコ　「別にお金が欲しいわけじゃないの。ギャラの査定がアバウトなのが、フェアじゃないと思ったわけ。その点、工場のパートは、クリアだわ。時給制、最高。逆に教師は聖職とか、そういう抽象的な価値で細かい部分をごまかされてると言うかね……。根っからの理数系だから。……ダメ？」
サチコ　「ダメじゃないですけど」
ケイコ　「ねえ、社長夫人」
サチコ　「は、はい」
ケイコ　「……もっと、スイッチ、入れても、いいのよ」

サチコ、不思議な気持ちになりながらも別のスイッチを入れる。
別の動力音。

ケイコ、息がやや荒くなる。

間。

サチコ　「あと一つだけ、聞いていいですか？」

ケイコ　「……まだいたの？　（優しく）うざったいわよ」

低い雷。

サチコ　「マッザワ君。今どうしてるか知りません？」

ケイコ　「……マッザワ君（冷たく）……誰、それ？」

サチコ　「私と一緒に走らされてた、イジメられっ子のマッザワ君。覚えてると思いますけど」

ケイコ　「あ、ああ、彼。彼ね。……さあ、知らない」

サチコ　「そうですか」

ケイコ　「どうしたの？　マッザワ君」

サチコ　「あたし、あの、文通してたんです」
ケイコ　「へえ」
サチコ　「中学卒業してから、しばらく。でも、ある日急にパッタリ返事がこなくなって。結構、当時心配したというか」
ケイコ　「そんなことより、もう、ないの?」
サチコ　「え?　え?　何が?」
ケイコ　「スイッチよ。機械のスイッチよ」
サチコ　「……(うなずく)」
ケイコ　「入れなさい!」

サチコ、スイッチを入れる。

サチコ　「これで、最後です」
ケイコ　「……ありがとう」

機械音がケイコを包んでゆく。

機械と関係を深めていくケイコ。

機械音、やがて、「チムチムチェリー」を奏でだす。それはケイコにだけ聞こえる音楽だった。

サチコは、その関係性の中にはとうてい割り込めないことを感じ、静かに去ってゆく。

ケイコ、機械に関する詩とも説明書きとも何ともつかない言葉を口ずさむうちに、どんどん興奮してくる。

ケイコ　「…………数字をここに入れて動かす高速機械。誰が扱っても作業内容は一緒。特に多種少量生産には強い。最近では、どこの工場でも、みかける！　圧縮抑圧機には数値データを入れて指定のテープリーダーの上に。それによって高速機械を整備している。例えばポンプ式エッジローラーの非効率化。回転工具によって次々に削っていくようなコントロールをする。最近ではNC側に大容量のメモリがありここに記憶された数値データでの平均値の破棄が主になっている。つまり、工場の生産用コンピューターと直結するかたちで、もう、テープリーダーに頼らず、もう……もう……直接にコンピューターの指令で‼　……働く……（息、荒い）雨、来るのかしら」

雷。

静かに金属の壁が開き、プレハブの壁が現われる。

雨。

カーテンの閉じられた窓を引っ掻くケイコ。

カーテンをバっと開け、窓からミチオが覗く。

ミチオ　「嘘だろう、おい⁉」

ミチオ　「……おいおい、何やってんだよ、おばはん。……何やってんだよ、くそばばあ⁉」

間。

ケイコ　「……携帯。携帯」

ミチオ「一晩で直すんだ、つったろ?」
ケイコ「携帯携帯」
ミチオ「……まだ、一晩たってな……」

入り口に走るケイコ。

ミチオ「おい!」

阻止しようとするミチオだが、柔術の技を繰り出すケイコの前になすすべもなく、部屋に彼女を入れてしまう。

雷。

ケイコ「暑い! (窓を開ける)」

アダルトビデオの声。

ケイコ　「エッチなビデオ、消しなさい」

消すミチオ。
雨強くなる。

ケイコ　「どうしてあたしなの？」
ミチオ　「何が！」
ケイコ　「どうして、私の携帯、直してくれるの？」

雷。

ミチオ　「……別に。ほっとけないから」
ケイコ　「ほっとけない？」
ミチオ　「壊れた機械見ると、ほっとけないんだよ。そういうタチなの。（拾う）もう、できてる。（渡す）ほら、持ってってくれ。少し、大きくしてあげた」

ケイコ「携帯しづらいじゃない」

ミチオ「考えが、いたらなかった」

ケイコ「雨が……。傘かしてくれない？」

ミチオ「あるわけないだろ。必要ないし」

間。

ケイコ「ねえ、あれ見せてよ」

ミチオ「何だよ、あれって」

ケイコ「コーラ飲むとこ見せてよ」

ミチオ「……バカ言ってんじゃねえよ」

ケイコ「一〇〇〇円あげるから」

ミチオ「……絶対だぞ」

コーラを手にするミチオ。

ミチオ　「サチコには内緒だからな」

ケイコ　「なんで？」

コーラを飲むミチオの影が、カーテンの開いてないほうの窓にシルエットで映る。片手、開いてる。

ケイコ　「……本当だ」

音楽。

傘をさし、コーラを二本持って、サチコ、表の道に登場。

ミチオのシルエットを見てはっとして、身を伏せる。

ケイコ　「グーにして」

ミチオ　「え？」
ケイコ　「その、パー。グーにしてみて」
ミチオ　「いやだ」
ケイコ　「もう一〇〇〇円、あげるから」
ミチオ　「……くそっ。一〇〇〇円め」

ミチオ、パーをグーにしたとたん、バランスを失って倒れる。
雷。
ケイコ、ミチオのほうへ、身を沈める。
二人の影は見えなくなり、時折、動いている気配がする。

サチコ　「（座ったまま歌う）♪学校行くのはイヤイヤヨー　お腹が痛くなってイヤイヤヨー男の人はイヤイヤヨー　髪引っ張るからイヤイヤヨー　女の人もイヤイヤヨー　噂をするからイヤイヤヨー　男の人は……」

次第に、中の動きは激しくなり、プレハブ自体がゆっさゆっさ、ほとんど暴力的に揺れはじめる。

サチコ　「……げ。……おえーー！」

間。

半裸のケイコが窓に顔を張りつける。

ケイコ　「（息が荒い）雨、止《や》んでんじゃない。ふざけてる」

パシャンと水の跳ねる音。

振り返るケイコ、同時に壁が開き、半裸のミチオが見える。

ケイコ　「（後方の窓の向こうを見つめて）何、今の？　何か跳ねたでしょ」

ミチオ　「ああ……、ワニ」

ケイコ「ワニ？」
ミチオ「裏の池で兄貴が飼ってる」
ケイコ「ふーん。（寝転がる）気い狂ってんね」
ミチオ「病気。周期があるんだ」
ケイコ「双極性障害？」
ミチオ「多分それ的な？　ワニ飼う病気」

携帯電話の音。

ミチオ「（指を鳴らす）ほら、直ってる」
ケイコ「本当だ」
ミチオ「出なよ」
ケイコ「決めた」
ミチオ「え？　何を？」
ケイコ「私、あんたのマシーンになる」

携帯電話の音が高鳴って、暗転。

スライド「8月14日・金曜日」
「東京・不快指数100」
「今日もパチンコ屋の」
「駐車場で子供が」
「蒸れて死んだ」
「そして私はミチオの」
「マシーンになった」
「8月15日・土曜日」
「気温32度」
「ほおっておくと」
「おばはんと呼ばれるので」
「3号機」

「と呼ばせることに」

「8月16日・日曜日」

「気温36度」

「私はプレハブ小屋に」

「扇風機を持って」

「引っ越した」

「ミチオは」

「扇風機の風に」

「しばらく涙した」


なぜかメロウなオールディーズが流れている。

プレハブの壁は、閉まっている。

中ではケイコが扇風機のスイッチを入れ、風に嬉し泣きしているミチオ。

外では、ビニールプールにホースで水を入れているアキトシ。

浮き輪を腰にまわしたスクール水着（サメジマのネーム入り）のサチコ、現われる。目にアザ。

ホースの水をサチコに飲ませるアキトシ。
オールディーズは、アキトシの腰のラジオから流れていた。
サチコ、ビニールプールに入る。プールから、水鉄砲で、アキトシを射つ。

サチコ　「あなた、バーン」
アキトシ　「うー。死んだ」

大げさに死んだ真似をするアキトシ。
水鉄砲で、ミチオを射《う》つサチコ。

サチコ　「ミチオ、バーン」
ミチオ　「(ニコニコ) 気持ちいー!」
サチコ　「(ケイコを射つ) 先生、バーン」
ケイコ　「なめんじゃないわよ」
サチコ　「ごめんなさーい。日曜日大好き！　先生、見て見て！　この水着、懐かしいっしょ？」
ケイコ　「あんた、中学のときのスクール水着、まだ着てんの？」
サチコ　「許してくださーい。ね、あなた、あたし溺《おぼ》れて先生にマウス・トゥー・マウスしてもらったのよ。間接キス！　間接キス！　（プールの水をアキトシにかける）キャッキャッ」
アキトシ　「あっ！　寝てた。……しかし、めでたしめでたしだよ。ミチオにこんな身元のしっかりしたお嫁さんが来るとはな。（サチコに）ついにおい、ツジヨシの家系にも、大卒の血が交じるって話だよ」
ミチオ　「嫁じゃねえだろ。勝手に押しかけてきたんだからよ」
アキトシ　「くー。ゆうね。このプレイボーイが」
ミチオ　「プレイボーイじゃねえよ」
アキトシ　「プレイボーイじゃねえかよ」
ミチオ　「プレイボーイじゃねえよ」
アキトシ　「プレイボーイだよ」
ミチオ　「プレイボーイじゃねえよ！　プレイボーイじゃねえよ！」

アキトシ　「二重の否定はおまえ……、肯定だぞ」

間。

ミチオ　「意味わかんねえよ！　（ティッシュの箱を頭にぶつける）」

間。

アキトシ　「……今度は手錠かけるぞこの野郎」
サチコ　「あなた」
アキトシ　「嘘だよ！　くっそー。（宙にジャブを繰り出しながら）何だか、朝からスタ丼大盛り食って思い切り後悔したい気分だぜ」
ミチオ　「なんだそりゃ」
アキトシ　「ちょっとその辺、一周してくる」

アキトシ、走り去る。連れて音楽もアウト。

間。

ケイコ　「（サチコに）目、どうしたの？　アザ？」

サチコ　「あ、先生には関係ないですから」

ミチオ　「殴られたんか？」

サチコ　「ていうか、お茶にあの、あの薬混ぜてたのがばれちゃって。ふふ」

ミチオ　「静まる系のやつか」

サチコ　「（ミチオに）涼しい？」

ミチオ　「……（顔を崩して）うん」

サチコ　「ね、先生。あたし、夫に殴られてめまいがしたとき、頭にあの曲が流れたんですよ」

ケイコ　「何？」

サチコ　「（歌う）♪ラーラー、ラーラララーラー」

ケイコ　「『オズの魔法使い』」

サチコ、思わぬ場所からファンタジックに煙草を出す。

サチコ　「火」

これもなぜか、唐突にミチオ、ライターを出し、火をつけてやる。

サチコ　「（一服しながら、プールに浸《つ》かる）思い出しちゃった。先生がここに来てから
いろんなこと、思い出します。先生に強制的にマラソンやらされてた頃、
……（ミチオに）あんた、知ってんの？　先生、陸上で、オリンピック
まで行った人だったのよ」

ミチオ　「まじかよ」

ケイコ　「出場はできなかったけどね」

ミチオ　「どういうこと」

ケイコ　「直前のセックスチェックで、落っこちちゃったのよ。私、あるからね。

ああ、あんた、あたしとセックスした日、なんかつかんで、虫がいるってびっくりしてたでしょ」

間。

ミチオ　「あ？　……ああ」
ケイコ　「あれ、わたしのやつ」
ミチオ　「わたしのやつ？」
ケイコ　「未発達の男性器のようなものがね。あるわけよ」
ミチオ　「え？　だって……、あれ……、ええ？」
ケイコ　「機能するわけじゃないけど……四センチなのよ」

間。

ケイコ　「あやまるべきかしら。いや、そんなことないと思う」

ミチオ、たまらず反対側の窓にゲロを吐く。

サチコ　「（『オーバー・ザ・レインボウ』の節で）♪だーんーせいきがー4センチー……。ね、あの頃、文化祭でウチのクラスが『オズの魔法使い』やろうって話になったの覚えてます？」

ケイコ　「うん。あんた、何の役やったんだっけ」

サチコ　「役なんかやりませんよ。あほらしかったですもん。劇なんか嫌いですもん。でも、でもね、その次の年、さっきも言ったけど、あたしプールで溺れたじゃないですか。そのとき、先生にマウス・トゥー・マウスされながら、ぼんやりした頭で、あれ、みんながあたしを覗き込んでるって思って、なんか、そんとき、頭の中に音楽流れるんです。『オズの魔法使い』。あれー？　て、ぼんやりあたし、主役じゃんみたいな。あれ、私、ドロシーやりたかったんだなあって、あ、ドロシーやりたかったんだあって、思ったんですよ。ふふふ。♪ターラー、ラーラララーラ……」

間。

ミチオ　「それで？」

サチコ　「いや、それだけの話ですけどね。ただ、なんか、私みたいな女でもドロシーやりたいんだあって思うと、ちょっと、嬉しかったたって話」

ミチオ　「……気持ちわりい」

サチコ　「……」

ミチオ　「気持ちわりい話するなよ」

ケイコ　「昔から思っていたけど、バカなんだな？」

サチコ　「えへへ」

ミチオ　「嬉しかったから何なんだよ。兄貴と毎日ＳＭやってる女が、何が（口を曲げて）ドロシーやりたかったたんだよ」

サチコ　「ＳＭなんてやってないよ！」

ミチオ　「虹を越えてどこ行くんだ。ローソクでも買いに行くんか」

サチコ、水鉄砲でミチオを射つ。

ミチオ「兄貴に殴られて、お幸せなこと思い出す女はＳＭじゃねえのかよ？
殴られて、主役？（いやらしく）ＳＭじゃん！」

サチコ「先生」

ケイコ「ＳＭね」

サチコ「先生！」

ケイコ「認めちゃいなさいよ。楽よ、そのほうが」

間。

水鉄砲で、ケイコを射つサチコ。

サチコ「何よ！　いやらしい二人のくせに。会ったその日のうちにセックスして！
見たのよ！　揺れてたわよ、プレハブ！　いやらしい。プレハブ揺らして
いやらしい！」

ミチオ「3号機、出動！」

サチコ、逃げる。プレハブから飛び出し、追い掛けるケイコ。

ミチオ「大田区のプレハブに越してきたおばはんマシーンは、ミチオの三番目の女だったから、3号機と名づけられた。ゆけ！　3号機！　ミチオの平和を守るため！　戦え3号機！　吠えろ！　3号機……」

音楽が近づく。

靴を手に、濡れた足を引きずりながらアキトシ、現われる。

アキトシ「（プールで靴を洗いながら）裏の道にゲロ吐いたのおまえか」

ミチオ「あ……」

音楽を止めるアキトシ。

アキトシ　「ミチオよ」
ミチオ　「何？」
アキトシ　「うずくんだ」
ミチオ　「……指、うずくんか」
アキトシ　「なんか、うずくなあ」
ミチオ　「……おい、やめてくれよ」
アキトシ　「ミチオ」

間。

アキトシ　「鳥になりたいと思わんか」
ミチオ　「……てめえ。やめろって！」

ケイコ、サチコを抱えて現われる。

ケイコ　「何？　どうしたの？」
アキトシ　「新しい家族になった君に、一つ打ち明けなきゃならんことがある」
ミチオ　「出たよ」
アキトシ　「実は、俺、グレてたんだよ」
ケイコ　「へえ」
アキトシ　「昔ゃあ、ダチとつるんでよ、鳥人間コンテストによく出てよ。ぶいぶい海の上、滑落してったものよ。ま。暴走族の、もっと、瞬発的なやつかな」
ケイコ　「それ、グレてるの？」
アキトシ　「ブラックエンペラーより瞬間スピードは出てたからな」
ケイコ　「なんてグループ？」
アキトシ　「小麦色の小人」
ケイコ　「……こむ」
アキトシ　「ま、ほんとは『喝采を浴びる小麦色の小人』ってしたかったんだけど、長いから『喝采』にしたんだ。だから、『喝采』」

ケイコ　「小麦色の小人は？」

アキトシ　「そんなものはない。小人って、そんなに小麦色か？」

ミチオ　「もうやめろよ。気が狂いそうだよ。頭だけよ、暴走してたのは。全然グレてなかったのに自分はグレてたと思い込んでるところにあるわけよ。だいたいグレてた男が、ティックトックなんかやるか。（笑う）こいつ、知ってる？夜中にティックトックやってるの。なんなの？　中年男が夜中にお母さんの名前を叫び続けるだけのテイックトック。見てるの俺とサチコだけ」

アキトシ　「それだけは言ってほしくなかったやつ！」

窓でミチオの首を挟むアキトシ。

ミチオ　「ぐ……けけ……、（真っ赤になり、目を飛び出させながら）ハローハロー。おかあさーん！　産んでくれて……ありがとぅ」

ケイコ　「（アキトシをつねりあげて）やめなさいよ。（ミチオに）あんたも何我慢してんのよ。恐いわよ。こんなことで命落としてどうすんのよ」

アキトシ　「（手を振り払って）このアマ、大卒だからってなめんじゃねえぞ！」

アキトシ、ケイコに飛び掛かるが、簡単に打ちのめされる。

サチコ　「（アキトシに肩を貸して）ダメよあなた。先生、グレイシー柔術やってたんだから」
アキトシ　「くそー、サチコ、やれ！」
サチコ　「ええ？」
アキトシ　「亭主の命令が聞けないのか？」
サチコ　「え……えい」

ケイコ、サチコをまんぐりがえし。

ケイコ　「まんぐりがえしだよ」
アキトシ　「やめろ！　……。おい！　今度四人でなあ」

ケイコ　「何？」

アキトシ　「合コンやろうぜ」

アキトシとサチコ、プールを持って去る。ぐったりしているミチオ。

ケイコ　「あんた、大丈夫？」

ケイコがプレハブの中に入ると壁が開く。座っている。

ミチオ　「そろそろなんかやらかすぜ。あの野郎」

ケイコ　「……やらかす？」

ミチオ　「あいつ三年前も、鳥人間コンテストに出たんだよ」

ケイコ　「あの、飛ぶ奴？」

ミチオ　「グライダーな。足で漕《こ》ぐタイプのプロペラまでつけて」

ケイコ　「なんで」

ミチオ「そこが、奴という生きもののまだ解明されてない生態の一部分なわけよ」
ケイコ「飛んだの？」
ミチオ「アー、畜生、（首を押さえて）まだいてえ」
ケイコ「奴は飛んだの？」
ミチオ「飛ばない飛ばない。だって、素人だもの。滑走路から海面に直角でドボーン」
ケイコ「荒れたでしょ。帰ってきて」
ミチオ「いや。機嫌良かった。飛ぼうとすることに意義があるんだなんつってさ。絶好調だよ。……テレビの放映日が来るまではな」
ミチオ「映ってなかったんだ」
ケイコ「え？」
ミチオ「（くっくっく）カットされてたんですよ。ほれ、あいつ六本指でしょ？　あれ？　なんで俺、敬語なんでしょ。……ほいで、くくくく。こうやって喋ってるアレが、カメラにバンバン映っててさ、放映できなかったらしいんだよ。そりゃ、映せないよ、六本指じゃ」

突然、ケイコの携帯電話、鳴る。

間。

ミチオ　「（少し声を大きくして）そいで、あのバカどうしたと思う？　考えてみると、あんときすでに発病してたとしか思えないんだけどさ。くくく。そんときの司会の東野幸治とかいうやつをよ、刺しに行ったんだよ。アイスピック持って、日テレの前まで行って、警備員に捕まったのな。ふふ。なんで年がら年じゅう東野幸治が日テレにいると思うんだろ」

ケイコ　「ごめん。ちょっと、出てくる」

ケイコ、出ていく。

間。

ミチオ　「執行猶予はついたんだけどさ。その頃オヤジ生きてて、兄貴、怒り狂ったオヤジにこの小屋に監禁されたんだよ……一年な」

ミチオ、部屋の角のゴミの山から、一着のスーツを出す。

ミチオ「……俺、就職内定してたんだぜ。(笑う) 就職内定してたんだぜ！　この俺が」

ミチオ、スーツを放り投げて、扇風機の前に。

ミチオ「(歌う) ♪抱きしめると　いつも君は　新しい髪の香りがした　まるでおそすぎた　季節の変わり目に　バカが町に増えると　聞いた………」

後の窓の外に、電話をしているケイコが見える。

あわてて例の妙な機械の所へ行き、スイッチを入れるミチオ。

チューニングのつまみを回す。

ケイコの声「……だから、あなたの気持ちとか、私の気持ちとか、そういう曖昧なことわかんないってさ、私と何年も暮らしててまだ理解できてない。いや、もう、理解する必要もないわけだけどさ、別れるってわかってるわけだから」

男の声「わかってるって、そりゃわかってるのは、あなたのことだから、あなたはわかるだろうけどさ。だって、今問題なのは、あなたの問題だけだもの。でも、僕はまだ、納得したわけじゃないもの。ていうか、あまりにも、あまりにも、唐突すぎない？」

ケイコの声「いや、だから」

男の声「突然いなくなったと思ったら、いきなり離婚届けなんか送ってこられてもさ。そんなの、僕だけじゃなくて、まわりみんな、誰に聞いたって、あ、こりゃ、おかしな話だなって思うもの」

ケイコの声「いけないのよ」

男の声「え？　いけないって、誰が？　僕が？」

ケイコの声「もう、あなたじゃいけないのよ」

男の声「え？　え？　いけないって、アッチの話？」

ケイコの声　「ねえ。ちょっと待ってね、マツザワ君」

間。

盗聴器に耳を近づけるミチオ。

ケイコの声　「ミチオ」

ミチオ　「(ドキ)……」

ケイコの声　「聞いてるでしょ。私、それほど甘くないわよ」

窓からミチオのほうを振り返って見ているケイコ。

ワニ、跳ねる。水しぶきがケイコにかかる。

トイレに逃げ込むミチオ。

プレハブの中に駆け込むケイコ。

ケイコ　「(トイレのドアに手を掛けて) 出なさい」

ミチオ　「やだ！」
ケイコ　「(叩く)　出ろ、小僧！」
ミチオ　「絶対やだ！」
ケイコ　「(携帯を掲げ)　これ、私だけじゃないよね」
ミチオ　「知らない知らない！」
ケイコ　「出ろ小僧」

もう、出ているミチオ。

ケイコ　「出てるぞ、小僧」
ミチオ　「出てない出てない！」

間。
機械のほうに行き、スイッチを入れるケイコ。
ノイズが聞こえる。

ミチオ　「（トイレから飛び出す）さ、さわんじゃねえ！　くそばばあ」

ミチオに頭突きを食らわすケイコ。

ミチオ　「……（転がる）うわ、ほ、本当にいてえ」

チューニングをいじるケイコ。

ミチオ　「……くそ」

さまざまな町の家庭の声が聞こえてくる。

ケイコ　「……あんた」

ミチオ　「ね、ね、音楽聞かない？　そんなのよりさ、音楽、楽しいよ。福島先生ご推薦、ヒーリング・リラクゼーション、くくく、あ、笑っちゃいけない。ほら、癒《い》やされんだろ？　早く癒やされろよ。あと、つかえてっからよ。癒やされたいやつが、ほれ、順番なんだよ！」

ミチオ、ラジカセをかける。

ケイコ　「あんた、ここで修理した電気製品に」
ミチオ　「はははは。(間)　盗聴器、仕込んだ。悪い？」

ミチオ、鼻歌を歌いながら、大きな地図を出して広げる。いくつかの家に印がついている。「クリーニング屋・山藤・ファックス」等。ただ、赤い丸印のついた家とそうでない家がある。

ミチオ　「受信機改造してパワー・アップしたのな、半径三キロ以内は拾うぜ。普通、ふふ、近くまで行って、車の中とかで聞くのにな。俺、そういうわけにいかないから」
ケイコ「やるもんじゃないの」
ミチオ「プロだもん。はーい、（地図を指差し）二丁目のクリーニング屋、山藤さん。ファックス修理に出したのが運のつきー。旦那がおとくいの奥さんと、伊豆に一泊旅行したのがばれて、現在夫婦仲は深刻な危機状態。一方、三丁目のエリート一家、木杉さんちじゃ、こないだ産まれた子供がちょいと良くなくて、家族会議の結論が一家で宗教に入るとか入らないとか。ひひひ。子供の話題パート2ね。四丁目、美人で評判の末次さんちの二番目の娘、実は最近受験ノイローゼで、頭丸ごと円形脱毛症になった挙げ句、アデランス被《かぶ》ってまーす」
ケイコ「聞いてんだ」
ミチオ「眠れないんだ。眠れないから」
ケイコ「一晩じゅう聞いてんだ、これ」
ミチオ「眠れないから」
ケイコ「あんた、私が見込んだだけのことはあるわ」

ミチオ「はい？」
ケイコ「クズだね」
ミチオ「……」
ケイコ「(ミチオを抱く)クズだクズだ。よかった。私が見込んだだけのことはあるわ。
やっと、一生惚れそうにない男に出会った」
ミチオ「……」
ケイコ「ねえ。男の価値の在り方なんて、実際よくわかんないじゃない。でも、
あんたの価値のなさは、わかりやすいもの」

間。

ケイコ「あんたが私をいかせてくれてるかぎり、私、なんでも言うこと聞くよ」
ミチオ「……俺、あんたをいかせられるのか？」
ケイコ「私の四センチの憎い奴に慣れてくれればね」
ミチオ「ぶくぶくぶくぶく(笑う)」

ケイコ「何？」

ミチオ「（ケイコの胸をまさぐりながら）俺さ、三年前まで、身長一四〇センチ八〇キロの、四十五歳のおばはんとつき合ってたんだ。しかも、不倫」

ケイコ「ほう」

ミチオ「それが俺の1号機。でも、いかせたよ。（笑う）いくときにさ、ばばあ、泡吹くんだよ。ぶくぶくぶくぶく」

ケイコ「蟹じゃん」

ミチオ「（笑う）人のこと言えんのかよ、この、ばけもん。（ケイコから離れる）おまえ、身長何センチ？」

ケイコ「一六七」

ミチオ「プラス、四センチで、つごう一七一センチか」

ケイコ「どういう計算方法なのよ？」

ミチオ「（なぜか、ケロッグを頬張りながら）ばけもんじゃねえか。畜生。おい、勘違いするなよ。おまえのことなんか、何とも思っちゃいねえからな。電話盗聴されたくらいで、いい気になるんじゃねえよ。俺はなんでも受け入れるんだ。

もう、スパークする受け入れ男だよ」

ケイコ「……いいね。好きだわそういうものの考え方」

間。

ケイコ「あのさ。あのね。私、あんたのマシーンでしょ。あんた、私のユーザーなんだから。なんでも命令してよ。気に入らなかったら殴りなよ」

ミチオ「そんな恐ろしいことするわけないだろ」

ケイコ「殴りなよ。殴るでしょ、機械の調子の悪いときって。さ、殴りなよ」

ケイコ、ミチオを殴る。

ミチオ「何すんだよ！」

ミチオ、ケイコを殴る。

ケイコ「……テレビドラマみたいな安い殴りだね」
ミチオ「……このやろう」
ケイコ「もっと、剝《む》き出しなの来い」

ミチオ、ケイコをさらに剝き出しに殴る。

ケイコ「……（鼻血）マシーン度、五パーセントアップ」
ミチオ「（恐る恐る）3号機」
ケイコ「ナンデショウ」
ミチオ「便所コーラ、持って来いよ」
ケイコ「……そういうことそういうこと」

ケイコ、コーラを取りにいく。

ラジカセの声　「福島ハルヲです。さあ、今日のヒーリング音楽いかがでしたか。音楽とともに宇宙の波動を受けとめましょう。波動と自分の呼吸を一つにしましょう」

ミチオ　「けけけけけ。バカが喋ってる」

ケイコ　「かかかかか」

ラジカセの声　「皆さん。わくわくする心を忘れてはいけません。音楽とともにすごすひとときを、生活のリズムに取り入れて、いつもわくわくしていたい。そう思う毎日が大切なのです」

ミチオ　「くだらないこと言ってんじゃねえよ。バカ」

ミチオ、ラジカセを消し、盗聴器のチューニングをいじる。
ミチオがケイコからコーラを受け取る頃、アキトシとサチコの声が機械から聞こえてくる。

ミチオ　「もっと、リアルなの聞きたいでしょ？」

ケイコ　「……」

ミチオ　「わかるだろ？　俺の2号機の声」

サチコの声「ね、あなた、やっぱりやばいですよ」
アキトシの声「女が汚い言葉使うんじゃないよ」
サチコの声「ミチオさん、もう一年もつながれてんですよ。もう、限界近いです。世間的にも隠しきれないとこきてると思うし。あなた仮釈放仮釈放って、全然あれしてあげる気配ないじゃないですか」
アキトシの声「俺はとっくに許してるよ」
サチコの声「だったら……」
アキトシの声「でも、おまえが許さないんじゃん」
サチコの声「え？　私が？　私がですか？」
アキトシの声「許せるわけないじゃん。おまえ、ミチオに強姦《ごうかん》されたんだぞ。忘れちゃいねえよな」
サチコの声「……そりゃ」
アキトシの声「昔だったら舌嚙んで死なきゃいけないもの、一年で忘れるわけないし、そんなこと、一年で忘れる女、俺、許せないもん、殺すもん」

ミチオ、笑ってコーラを開ける。

アキトシの声「でも許してやってくれよ。これは、ミチオの兄としてのお願いな」
サチコの声「……許していいんですか？」
アキトシの声「殺すぞ、おまえ」
サチコの声「ええ？」
アキトシの声「許したら殺すから。これは、おまえの夫としての意見な」
サチコの声「……あたし、どうすればいいんですか？」
アキトシの声「おまえさ、そんなにあいつを自由にしたいわけ？　……おい、何企《たくら》んでるんだ？」
サチコの声「あたし、何も……」

スイッチを切るミチオ。

ミチオ「聞かれているとも知らないで、キチガイトーク炸裂だな」

ケイコ　「こういう、結論の出ない話、興味ないわ」

ケイコ、寝っ転がる。

ミチオ　「気にならないのかよ？」
ケイコ　「何が？」
ミチオ　「俺とサチコのこと」
ケイコ　「全然」
ミチオ　「強姦したんだぜ」
ケイコ　「ていうか、あの子のこと考えると、頭痛くなるのよ。なんか、あの子の話し方ってさ、あれをこれして、とか、そういうあれで、とか、曖昧なものを投げかけて、人に解釈を委ねるパターンでしょ。なんか、10を3で割れって言われてるみたいな気持ち？　3・333333……みたいな。だめなの、そういうの。頭で、そう、ジャスト、君こそ日本人て、わかってても、受けつけないの、体が」

ミチオ　「……あんた、サチコの恩師なんだろ？」

ケイコ　「あの子ね、めちゃめちゃイジメられてたのよ。もう、自殺するしかないくらい。でも、なんでだろう。私には、なんであの子がそうなるのか、わからなかったのね。どうしてもわからなかったの。だから、とりあえず、イジメられっ子じゃなくしてみようと思ったわけ」

ミチオ　「どうやったんだよ？」

ケイコ　「走らせたのよ。もう一人のイジメられっ子と一緒に。放課後。四時間」

ミチオ　「ええ？」

ケイコ　「イジメられるにもさ、ある種のエネルギーがいるんじゃないかと、私は考えたのね。それで、一日のエネルギーを、その四時間に全部集中させるようにしむけたの。面白いことに、放課後の大変さに力を残しておくために、彼らは死に物狂いで、イジメを回避する方法を考えはじめたわ」

ミチオ　「それで？」

ケイコ　「サチコはイジメを脱出したわ。（笑う）ついでに、県のマラソン大会で新記録出したのよ、あの子。おかしいでしょ？（独り言のように）んなもん、誰が出せっつったの」

間。

ミチオ「もう一人は」
ケイコ「もういいわよ、この話」
ミチオ「（寝転がるケイコの上に乗りながら）実験なんだろ？　サチコ一人じゃ証明できないから、もう一人走らせたんだろ!?（軽く頰を叩く）」
ケイコ「……察しがいいじゃない。……だめだったわ、その子は」
ミチオ「なんで？（叩く）」
ケイコ「……本当のクズだったのよ」
ミチオ「そいつ、どうなったんだよ（叩く）」

間。

ケイコ　「私と結婚したわ」
ミチオ　「……さっきの携帯の男か」
ケイコ　「……（うなずく）」
ミチオ　「……俺、そいつより」

突然、ドアがパーンと開くと、頭に血のにじむ包帯を巻いたサチコが、マシュマロを盛った皿を持って立っている。

ミチオ　「（慌《あわ》ててケイコから飛びのき）うわ！　……か、勝手に開けるなって」
サチコ　「差し入れ、持ってきた。ごめんね、エッチの最中に」
ケイコ　「聞いてたの？」
サチコ　「え？」
ケイコ　「今の話」
サチコ　「聞かれちゃまずいような話をしてたんですか？　（マシュマロを置く）」
ミチオ　「おい、おまえ、頭！」

サチコ「ちょっと、もめて。へへへへ」
ミチオ「ちょっとって、あの、キチガイ」
サチコ「はずみだから、いいの」
ミチオ「シャレんならないだろ」
サチコ「いいの！　謝ってくれたから」
ケイコ「DV男の典型的なパターンね」
サチコ「(目を見開き) 典型的ですいませんした！　じゃ、お邪魔しました」
ミチオ「おい」
サチコ「はい」
ミチオ「もっといろよ」
サチコ「あの、福島先生の集会に、一緒にあれしなきゃいけないから」
ケイコ「(マンガを投げ捨てて) あれって何!?」

間。

サチコ、去る。

ミチオ　「あっ！（慌てて地図を隠そうとする）」
ケイコ　「もう遅いっていうの……」

間。

ケイコ　「……ねえ」
ミチオ　「なんだよ？」
ケイコ　「（地図の赤丸を指差し）その、赤いの、何？」

間。なぜか背広をはおるミチオ。

ケイコ　「何唐突に、背広着るかな、君よいじけて」
ミチオ　「俺、サチコがイジメられてたわけ、わかるけどな。あ。どうしてかは言えない。同類の勘てやつ」

ケイコ　「イジメられてたの？」
ミチオ　「……ていうか、浮いてた」
ケイコ　「（大きくうなずき）それは、私、よくわかるわ」
ミチオ　「……（少し傷つく）」
ケイコ　「わかりやすすぎておもしろみないわ」
ミチオ　「……イジメられてる奴ってのはさ、クラスが変わるとき、学年が変わるとき、学校が変わるときってのが、勝負なんだ」
ケイコ　「なんで？」
ミチオ　「キャラクターを変えるチャンスじゃん。サチコみたいなのは特別なケースでさ。一度できあがったイジメられるキャラクターってのはさ、なかなか拭えないものなんだよな。でも、こう見えても俺は前向きだからよ。な、背広持ってるし。いつか、キャラクター変えてやろうと思ってるわけ。そ、そのためには、俺のそれまでのキャラクターを知っている奴が、いない場所に行かなきゃならねえと」
ケイコ　「ゲームをいったんリセットしてやり直すみたいな」

ミチオ　「そういうことそういうこと。だけどよ。この町、狭いじゃん。いるんだよ、どこ行ってもどこ行っても。俺が浮いていたって知ってる奴。中学行っても高校行っても、就職先にまでも」

ケイコ　「出てきゃいいじゃん」

ミチオ　「え？」

ケイコ　「この町、出てきゃいいじゃん」

ミチオ　「（鎖を持って憐れに）……これだからなあ」

ケイコ　「……ふーん」

ミチオ　「でも、この年になるとよ、さすがに俺を知ってる奴も少なくなってきてさ」

ケイコ　「……わかった。この印、ああ、あんたのキャラクター知ってる奴の家なんだ」

ミチオ　「（笑う）……こいつらいなきゃなあって、思ってさ。や、やり直せるかなあって、思ってさ。（鎖を持って）これだからなあ。思うだけなんだけど」

ケイコ　「バカだね、あんた」

ミチオ　「（早口で）バカだよ。悪かったな」

ケイコ「こいつらが、この町からいなくなれば、あんたは、具合いいわけだね」
ミチオ「思うだけだって」
ケイコ「いなくなってほしいわけだね」
ミチオ「思うだけ！　思うだけ！」
ケイコ「なんで命令しないの？」
ミチオ「え？」
ケイコ「あんたのマシーンが、ここにいるのよ。……遠隔操作できる、マシーンが」
ミチオ「……へ、へへへ。……本気か？」
ケイコ「背広似合うじゃん。ズボンもはきなよ」

間。鎖を持つミチオ。

二人「……これだからなあ」

暗転。

スライド「8月17日・月曜日」
「曇り・暑さ、やや落ち着く」
「正常位・後背位・座位」
「騎乗位等、試す」
「追・サチコ、腕に青アザ」
「8月18日・火曜日」
「曇りのち晴れ」
「高屈曲位・松葉くずし」
「伸脚正常位・背面騎乗位」
「帆かけ等、試す」
「追・サチコ、頭にこぶ」
「8月19日・水曜日」
「気温ぶり返す」
「逆伸張後背位」

「背面前屈座位」
「前屈対面騎乗位」
「腰高逆骨伸首屈位等、試す」
「ミチオ、首と腰を痛める」
「サチコ、ぼろぼろ」
「8月20日・木曜日」
「気温37度」
「部屋の中まで」
「アスファルトが」
「ほのかに匂う」
「夜」
「ミチオと私の受精卵が」
「子宮に着床したのが」
「わかる」

夜。小屋の壁は閉まっている。
プレハブの窓から身を乗り出して、月を見ているケイコ。

ケイコ　「やっぱりね。月の美しさがわかるよ。私、昔から、ヴィジュアリスティックな美ってよくわからないほうなんだけど。前、妊娠したとき、なんか、わかった、そういう、水気のある感覚が。今もそうだわ。すぐまた、なくなるんだけど。……昔からそうだね。私にはわからないことが多過ぎる。算数。子供の頃、意味が全然わからなかった。1＋1＝2。わからない。何を言ってるのか、かなり長い間わからなかった。私、よく、悪夢を見た。暗い穴に閉じこめられて、いつまでもいつまでも、息ができない夢。死にそうになって目が覚める。今でも見るよ。だから、私はあまり寝ない。二日で五時間くらいしか寝ない。でも小学校四年のとき、その夢のわけはわかっていたの。親戚の伯父《おじ》さんから聞いた。私はひどい難産で、母を苦しめて苦しめて。私、産まれたとき五キロあったのね。たぶん、私の悪夢は、産道を通るときの記憶だと思う。……私、そして、母を殺したんだって、産まれながら殺したんだって。すごいこと言うよね、伯父さん。嫌われてたんだろうね。でも、そんとき、私の頭の中に、算数、浮かんだのよ。1－1＝0。わかったのよ。小学校四年にして。算数の意味が。それからもう、私、算数の鬼になったよ。わかるってことがおもしろくてさ。ていうか、高校あがる頃には、大学の数学終わってた。それから、唐突に体育に目覚めた。体育って、ほら、自分の能力が記録になるからおもしろい。自分の飛ぶ力が、ものを持ち上げる力が、走る速さが、すごく具体的にわかるんだもの。これも、限界までチャレンジしたわね。セックスチェックで弾《はじ》かれてやめたけど」

ミチオが反対側の窓に顔を出す。

ミチオ　「……で、どうすんだよ」

ケイコ　「え？　何が」

ミチオ　「本当に妊娠してたら」

間。

ケイコ　「どうするんだろうね。……前は堕ろしたけど、そういうわけにはいかなそう」

ミチオ　「……」

ケイコ　「……どうするんだろうね。（笑う）それじゃ、人ごとか……。なんだか今は、あいまいが、気にならないなあ。……へえ、月がきれい。……おもしろい」

ゆっくりと鉄の壁が登場する。
雑巾を持って現われ、工場の掃除をするサチコ。
点検をしているアキトシ。
いったん去るが、ゆっくりアキトシ、現われる。

サチコ　「（恐る恐る有線をかけ、歌い、踊る）♪あなたに笑いかけたら　そよ風が帰ってくる　だから一人でも寂しくない　若いって素晴らしい　あなたに声をかけたら　歌声が聞こえてくる　だから涙さえすぐに乾く　若いって素晴らしい　夢は……」

アキトシ　「（音楽を消して）工場で踊ってると、ひっかけたりして、往生するぞ」

サチコ　「（過剰にドキッ）……はい」

アキトシ　「言わずにおこうと思ってたが、やっぱり言う」

サチコ　「なんでしょう？」

アキトシ　「なんなら、五・七・五で言う」

サチコ　「いいえ、……普通にお願いします」

アキトシ　「今日の朝飯の、あの、くそ貧乏たらしさは何なんだ？」

サチコ　「え？　だ、だって、いつもと同じです」

アキトシ　「いいか、男の器量というものは、相対的なものなんだぞ。朝飯ってものは、おまえ、それに対する、妻の批評活動じゃないか。なんで俺は日々切磋琢磨しているのに、おまえの評価はいつまでもあがらんのだ」

サチコ　「すみません」
アキトシ　「あんな朝飯じゃ、ツジヨシ家に産まれてくる大卒の血を受け入れる土俵をさ、作るパワーが出ないっちうの。歯痒いよ、弟に先越されてさあ」
サチコ　「まだ、産まれるって決まったわけじゃ」
アキトシ　「悔しきゃ、おまえも産めよ」
サチコ　「ええ？」
アキトシ　「(怒鳴る) なんでさせねえんだよ！」
サチコ　「あなた、労働者の皆さんが聞き耳を」
アキトシ　「なんでオマーンさせねえんダよ！」

歓声があがる。

アキトシ　「ほら、労働者の皆さんも俺に賛同してくだすってるじゃねえか！　な！　変だよな！　諸君！」
諸君　「オマーン！」

アキトシ「オマーン！」
歓声。ケイコ、作業着で登場。
アキトシ「よ！　妊婦！」
歓声に応えるケイコ。
アキトシ「ケイコちゃん。今夜、お祝いにプレハブで（なぜか悪巧みのように声をひそめて）合コンな、四人で合コンな」
ケイコ「はい」
アキトシ「俺、ちょっとそんとき重大発表あるからよ」
アキトシ、何やらサチコにささやき、有線をつけて去ってゆく。

アキトシ　「仕事は楽しんでやらなくちゃね（去る）」

ケイコ、有線を消す。

ケイコ　「（コンベアのスイッチを入れて）さ、始めるわよ」
サチコ　「命令しないでください」

間。

サチコ　「ここでは、私が上司ですから」
ケイコ　「……あ、はい」
サチコ　「……始めるわよ！」

二人、仕事を始める。

ケイコ「何カリカリしてんのよ」
サチコ「……（ためいき）最近、主人が、オマーンオマーンうるさいんです」
ケイコ「させないからじゃないの？」
サチコ「……恐いんですよ」
ケイコ「恐い？」
サチコ「主人、金玉が一個ないんです」
ケイコ「え⁉」
サチコ「去年、ワニの虫太郎に餌をやってて、誤って食い千切られたんです」
ケイコ「あらまあ」
サチコ「本人は、自分は指が六本だから、金玉が一個足りなくて、フィフティーフィフティーだ、なんつってますけど。私なんか、やなんですよ。もともとセックスに抵抗感あるし。気持ち悪いんです。ああ、暑い。みんなよくこんな冷房の効かない工場で、働いてられるわね！（みんなに）働き蟻どもめが！」
ケイコ「……雇い主なのに」

サチコ、機械を止める。

サチコ「私、謝ってほしいや」
ケイコ「……何を？」
サチコ「先生に謝ってほしいや」
ケイコ「だから、何をよ」
サチコ「私、もうねえ、クタクタなんですよ」

間。

サチコ「先生が来てからねえ、クタクタなんです。だからね、謝ってほしいんです」
ケイコ「わか……」
サチコ「(真似て) わかんないわね。はは！　言うと思った。バカみたい。あたし。こんないろんなことわかんないですませてきた人に、もの教わってありがたがってたなんて（泣く）本当、バカみたい！」

サチコ、コンベアのスイッチを入れる。

サチコ「ほら！　あんたの好きな機械さ！　堪能すればいい！　ほら、逆回しさ！　……とにかく、どうしたって謝ってもらうんだ」

サチコ、去る。

ケイコ「逆回し……気持ち悪い！　ちょっとあんた！」

追おうとするが、部品が気になって。

ケイコ「やだ。部品、部品」

部品を追って去る。
鉄の壁、開く。
蟬の鳴き声。
プレハブ。
二つの窓にそれぞれ、思い詰めた表情のサチコと、困惑するミチオ。
蟬の鳴き声高鳴る中、ゆっくりと、プレハブの壁が開く。

ミチオ「なんだよ」
サチコ「(汗を拭う)暑いわね(なぜか、金槌を持っている)」
ミチオ「暑いよ。暑い部屋にわざわざ来てんだから」
サチコ「誰にも言えないことを言っていい?」
ミチオ「どうでもいいけど、その金槌、置けよ」
サチコ「あんたの兄さんね、夕べ、とうとう完全に狂ったわよ」
ミチオ「……何だって?」
サチコ「……夕べね、あいつ、私に激しく迫ってきたの」

ミチオ　「や、やらせたのか」
サチコ　「やらせるもんか。兄弟であたしをレイプすんのかって叫んだら、さすがにシュンとなって、自分の部屋に引きこもったの」
ミチオ　「普通じゃん」
サチコ　「夜中の三時になっても、寝室に来ないなと思って、私、覗いてみたの」
ミチオ　「……うん」
サチコ　「あいつ、一心不乱に、被《かぶ》りもの作ってた」
ミチオ　「被りもの？　な、何の？」
サチコ　「ライオン」
ミチオ　「ええ？」
サチコ　「私、思わず、物音をたてちゃったのよ。あいつ、振り向いて、そのライオンの被りものを」
ミチオ　「隠したか？」
サチコ　「被ったわ」
ミチオ　「（うつむく）被ったのか」

サチコ　「なんて言ったと思う?」
ミチオ　「(考えて) がおー」
サチコ　「(首を振って) ……食べちゃうぞ」
ミチオ　「……狂ってる」

間。

サチコ　「ねえ、私と逃げて」
ミチオ　「……サチコ」
サチコ　「私、このままじゃ殺されちゃう」
ミチオ　「いや、でも」
サチコ　「先生のことが好きなの?　あんな、化け物。だいたい、話、合うの?」
ミチオ　「そういうんじゃなくて」

サチコ、ミチオに濃厚なキスをする。

二人「(すぐ離れ汗を拭い)あっつー」

間。

サチコ「あたし、あんたが憎い。でも、あんたと、先生と、あのキチガイの中では、順番としてはいちばん憎くない。だから、あたしは、あんたと一緒に逃げたいの。あんただって言ってたじゃん。やり直したいって」
ミチオ「お、俺ほら、(鎖を持って)これだから」
サチコ「また自慢する」
ミチオ「何が自慢だ！　このアマ」
サチコ「あんたの兄さん、一生それはずす気ないよ」
ミチオ「……」
サチコ「ほら、驚かない。なんなのそれ。気持ち悪いのよ、あんたら兄弟は」

金槌で鎖を殴る。

サチコ「こんな鎖、本気出しゃ、簡単に外れるわよ」

ミチオ「やめろ！　気ぃ狂ってんのはおまえだ！」

突然、ドアを叩く音。

二人「……」

アキトシの声「ミチオ、いるか？　は。いるに決まってるわな」

ミチオ「か、隠れろ！」

サチコ、トイレに隠れる。

アキトシ「仕事持ってきた」

ミチオ「あ、ああ。わかった」

ミチオ、ドアを開ける。
キーボードを持って立っている、ライオンの被りものをしたアキトシ。

ミチオ「……」
アキトシ「食べちゃうぞ」
ミチオ「あ（腰を抜かす）」
アキトシ「食べない食べない。俺だって義務教育はうけてるからよ。そうは食べないよ。（上がる）お、これ。一丁目の丸山さんから、キーボード。なんか、音が変なんだってよ。結構急ぎらしいけど、頼めるかな」
ミチオ「……あ、ああ」
アキトシ「何だよ？　……あ、ああ。これか。これ、あれかな。ライオンに見えるかな」
ミチオ「……うん。見える。すごく見えるよ」
アキトシ「狙ってんだよ」

ミチオ「何を？」

アキトシ「（もごもご）欽ちゃんのかそーかきゅう」

ミチオ「あ？」

アキトシ「欽ちゃんのかそーかいきゅー」

ミチオ「欽ちゃんの下層階級？」

アキトシ「欽ちゃんの仮装大賞だよ！　失礼だろ!?　欽ちゃんは上流階級だよ！」

ミチオ「…………」

アキトシ「鳥人間大会では、大失敗だったからな。今度は行くよ、悪いけど」

ミチオ「ライオンでか？」

アキトシ「（笑う）バカかおまえ？　これだけじゃ、予選にも出れねえよ」

間。

アキトシ「ジャングル風呂だよ」

ミチオ「ジャングル風呂ぉ？」

アキトシ　「おまえ、サチコ、先生、おまえ、サチコ、先生、六人で輪になって湯船な」
ミチオ　「六人もいねえよ」
アキトシ　「俺は真ん中で、ライオンのカッコで、ざばざばざば！　お湯を吐く」
ミチオ　「どうやって」
アキトシ　「お湯を、いっぱい飲むしかねえだろな」
ミチオ　「……兄貴兄貴兄貴よお。しっかりしてくれよお！」
アキトシ　「じゃあな。頼むぞ。丸山さんのやつ」

アキトシ、行こうとする。
ミチオ、トイレに走る。
アキトシ、きびすを返す。

アキトシ　「あ」
ミチオ　「（ずっこける）うわ！」
アキトシ　「便所貸してくれ」

間。

ミチオ　「（震えている）だめだ」
アキトシ「急にもよおしちゃってさ」
ミチオ　「だ、だめ」
アキトシ「どうしてよ」

間。

アキトシ「どうしてよ」
ミチオ　「だめだってんだろ！　この、キチガイ！」

間。

アキトシ「……とうとう言ったな、この野郎。……知ってんだぞ。おまえとサチコでつるんで、俺に変な薬飲ませてたの。……ちょっと待ってろ。便所行ってからきっちり話つけるから（トイレのほうに）」

ミチオ、後ろから蹴りを入れる。

アキトシ「殺すぞ」

突然、トイレからサチコが叫びながら飛び出て、アキトシを金槌でめった打ちにする。
ぐったりと倒れるアキトシ。

サチコ「キャー！　キャー！　キャー！」
ミチオ「静かにしろ！　このバカ女！」
サチコ「死、死、死んだわけ!?　死んだわけ!?」

血まみれのアキトシ。

ミチオ　「死んだに決まってんだろ。そんなぶっとい、金槌で」

サチコ　「だって、あんたがやばいと思ったから。あんたが」

ミチオ　「わかってるよ！　静かにしろっつってんだろ⁉　……（アキトシの顔を見て）ひゃあああああ！」

サチコ　「静かに！」

ミチオ　「……ご、ごめん」

キーボードが鳴り出す。軽快なリズム。

ミチオ　「なんだよ！　……なんだよ‼」

サチコ、キーボード止める。

ゆっくりと暗転。

スライド「夫の死体は」
「トイレに隠した」
「ミチオがとりあえず」
「先生に相談しようと」
「言ったので」
「あたしは結構傷ついた」
「憂鬱な夜が来た」

プレハブ、開いている状態。
ジュースを飲んでいるサチコ。キーボードを直しているミチオ。

サチコ　「そんなことやってる場合?」
ミチオ　「……いや、兄貴が急ぎだって言うから」
サチコ　「もう死んだのよ」

ミチオ　「……あ、ああ」

間。

ミチオ　「くっくくく」
サチコ　「(叫ぶ)何がおかしいのよ!」
ミチオ　「逆になってんだよ」
サチコ　「ええ?」
ミチオ　「知ってる?　兄貴の中で、順番逆になってるの」
サチコ　「順番って何が?」
ミチオ　「兄貴の頭の中じゃさ、おまえと兄貴が結婚して、その後、俺がおまえをやっちまったから、俺を監禁したってことになってるの」
サチコ　「……ああ。逆だよね」
ミチオ　「(笑う)俺がおまえを強姦した責任をとって、結婚するって話だったのになあ」

サチコ　「（笑う）それも、変だよね」
ミチオ　「変だよ。大体、なんで俺の責任とって、兄貴がおまえと結婚しなきゃいけないの？」
サチコ　「あたしもおかしいなとは思ってたのよ。わかりにくいよね」
ミチオ　「そういうわかりにくいことしといてさ、あとで順番入れ換えて、自分の中でわかりやすくしてるのな。キチガイなりの辻褄《つじつま》あわせってことか」
サチコ　「あははは、面白い」

サチコが足をばたばたさせると、太ももまであらわになる。
ミチオ、突然欲情して、サチコにむしゃぶりつく。

ミチオ　「……こええよ！　……こええよ！」
サチコ　「（興奮して）ねえ。ねえ、先生にしたこと全部して。先生にしたこと全部して！」

ドアが開く。

鉄板で作った簡単な鎧を着て、斧とビニールシートを持ったケイコが立っている。

ケイコ　「このドアって結構、声、筒抜けなのね」

ミチオ　「……なんだ、その格好は？」

ケイコ　「ハードなことやるからね。形から入ろうと思って。あ、マシーンにね。どうかな、このマシーンぶり」

サチコ　「外でごそごそ何やってるかと思ったら……。もっと事態を真剣に受けとめてほしいんですけど」

ケイコ　「これ、ビニールシート敷いてくれる？」

サチコ、テレテレやる。

ケイコ　「……先生にしたこと全部して……だって、どこでそんな、ポルノ小説

　みたいなセリフ覚えたの？」

サチコ、ケイコをひっぱたく。

サチコ　「びっくりした？　もう、あたし恐いものなんかないんだから」
ケイコ　「（サチコに斧を差し出し）そう、じゃ、あんたやる？」
サチコ　「な、何？」
ケイコ　「死体を切断するのよ」
サチコ　「……」
サチコ　「（息が荒い）はあはあはあ」
ケイコ　「ほら、すべらないように、テープまいといてあげたから」

間。

ミチオ　「俺がやるよ（キーボードを放り投げる）」

キーボードのスイッチが入ってしまい、リズムが流れはじめる。

ケイコ「(斧をミチオに渡し) 適当に細かくなったら、池に投げて、ワニに食べさせ……、緊張感ない音たてるわね、これ (キーボードをいじる)」

突然、トイレから血まみれのアキトシ、現われる。

三人「!!!」

アキトシ「どうしてだろう、小便しながら寝ちゃったみたい」

間。

アキトシ「……何だよ? みんなそろって……。あ! 合コンか! そうだよな! あ、俺、酔っ払って寝てたんか。悪い悪い」

全員、乾いた笑い。

アキトシ「で、なんなんだよ？　その斧は」

ミチオ「え？　……あ、これ？　これ」

ケイコ、キーボードを演奏しはじめる。

サチコ「あなた、これ、マイク。マイク」

アキトシ「おお、歌か。いいね、ぽいぽい、合コンぽい。いいよ、ミチオ。おまえ、グーだよ」

ミチオ、斧を持ってマイケル・ジャクソンの「スムース・クリミナル」を、歌う。皆踊る。

終わり、全員拍手。

アキトシ　「いやあぁ、歌った歌った。な、俺達いけるんじゃないか？　な？　俺達、まだまだ結構いけるぜ」
ミチオ　「いけるよ、兄貴。まだまだ」
サチコ　「……いけるよ、いける。飲もうよ！　あたし今夜は、飲んじゃうんだ！　そしてたくさん笑うよ！　そんとき笑ってたって、次の日死んじゃう奴もいるけど、あたしは笑うんだ！」
アキトシ　「家族の勢いつうかなあ。感じたな、今。おい、この勢いで、頑張ろうな。欽ちゃんの仮装大賞」
ケイコ　「え？」
アキトシ　「あれ？　まだしてなかったっけ、重大発表」
ミチオ　「したよしたよ。俺達ほら、輪になってジャングル風呂な。（サチコたちと輪になって座る）な、そいで兄貴がお湯吐くのな。もう、なんつうか、目にもの見よ！　つう感じで吐くのな。これ見よがし！　つう感じでな」
アキトシ　「ハハー！（興奮して）イエスイエス！　イエース！　イエスイエスイエス！　イエーース！」

ミチオたちのこめかみを汗がつたう。

アキトシ「これが、おまえ、福島先生の言わんとする家族の和を象徴しとるわけだよ！　おお、そうだ！　写真撮ろ！　みんなで写真！　今撮らなくていつ撮るのつうタイミングじゃない？　な、サチコ」

サチコ「あ、あ、じゃ、カメラ取ってきます」

アキトシ「いいよ。俺、取ってくる」

アキトシ出ていく。

間。

ケイコ「どう思う？」

ミチオ「芝居かな」

サチコ「そんなデリケートなことできる人じゃないわ、ね、あいつの頭おかしいうちに逃げよ。今のうちに、ミチオ」

ミチオ「で、でも」

サチコ「先生もなんとか言ってくださいよ！（鎖を金槌で叩きながら）こいつあたしのこと好きなくせにさあ。ね、和姦《わかん》だったのよあれ。あんたが和姦だって言えば、別にあれは和姦てことでよかったのよ。結局あんあん言っちゃったんだから。途中から和姦になったんだから。それを、あんたが、強姦だって言うから、ややこしくなったんじゃないの。（泣く）なんで、強姦て言った？　……なんで？　……ムカー、切れねえ。これ、切れねえよ！」

サチコをつまみあげるケイコ。

ケイコ「もう、やめなさい」

サチコ「何よ、マツザワ君と結婚したくせに、偉そうに言わないでください」

ケイコ「やっぱり、聞いてたか」

間。

サチコ「あたし、思い出しちゃった。思い出の中でいつのまにか美化してただけでした。実はね、実は、先生のこと、嫌いだったんだよね。（笑う）言ってやった！やっと、言ってやった！（窓から顔を出して）さ、ご近所の皆さんも、ご一緒に。はい。……先生のこと嫌いだったんだよね！　ほうら、完無視だあ！」

ミチオ「（殴る）うっせーよ、おめえは！」

サチコ「……別にマッザワなんか好きじゃなかったけどさあ。別に、（ミチオに）こいつも好きじゃないけどさあ。なんで、あたしの隣にいる男なの？いつもいつも。ねえ。なんで、あたしと先生が男の趣味かぶんなきゃいけないわけ？　真逆でしょ？　あたしら、真逆でしょ？」

ケイコ「……（部屋の中の地球儀を手に取って）あんたと、私が、こう、地球の同じ場所から、真逆にスタートするでしょ。ずーっといくと（指で示しながら）ほら、反対側で出会う瞬間があるわね。この時だけ男の趣味がかぶるのよ」

間。

ミチオ　「（頭を抱える）わけわかんねえよ」

サチコ　「……いい加減なことばかり言いやがって！　確か先生絶対音感あったわね！」

サチコ、へたくそな「猫ふんじゃった」をキーボードで弾く。

ケイコ　「やめてー！」

サチコ、ケイコにつかみかかる。

カオスな戦い。

ミチオ、泣く。

ミチオ　「……もめてる。……俺を取り合って、女がもめてる！　……まるで、夢を見ているようだ」

プレハブの壁、閉まる。

中のもめ事は無言で続く。

胸にカメラを下げ、ポリタンクからガソリンをプレハブにまきながら、アキトシ現われる。

まきながら、去る。

中では、サチコに斧で殴られ、昏倒するケイコ。

ミチオ　「お、おまえ、やったんか」
サチコ　「（ミチオに抱きつき）……こいつが、うちに来た目的知ってる？」
ミチオ　「目的ぃ？」
サチコ　「学校時代にあたしをイジメから救った分のギャラが出なかったから、今頃あたしを不幸にして、帳尻を合わせようとしたのよ。あんたは、それに利用されただけよ」

ミチオ　「（ためいき）そんなわけねえだろ」

サチコ　「あたしね、忘れてた、本当に、こいつのこと嫌いだったこと。イジメから抜け出せたとき、神様みたいに尊敬してたから。でもそう、卒業した後、マツザワと先生が怪しいって噂を聞いたのね。そんときウゲって思ったのよ。マツザワってしょうもない男だったから。おめえ、マツザワでいいんかい？　みたいな。あたしはいいよ、マツザワで。一緒にイジメられてたんだから。でも、おめえがマツザワじゃまずいだろ。みたいなさ。それで、なんか、嫌いになってたんだけど。そこだけ、なーんか、ポッカリ忘れてたんだよね」

ミチオ　「おい」

サチコ　「え？」

ミチオ　「なんか、ガソリン臭くないか？」

プレハブを一周して、アキトシが現われる。

アキトシ　「ツジヨシ家の諸君。（二人が離れるのを見て）あ、そのままそのまま。今から写真撮影会を行ないます。ただし、普通の撮影じゃ、俺っぽさが出ないと。で、今からここに火をつけて、燃え盛るプレハブをバックに仲良く、というのはどうでしょう？（チャッカマンを出す）」
ミチオ　「……てめえ何考えてんだよ」
アキトシ　「よって、プレハブの中の皆さん、大変危険ですので、今から10数える間に避難してください（言いながら部屋の中にもガソリンをまいて、チャッカマンをつける）」
ミチオ　「おい！」
アキトシ　「10」
サチコ　「……殺す気だわ」
ミチオ　「……おい、兄貴、落ち着いてくれ」
アキトシ　「9」
サチコ　「やめてよ。あなた！　この人つながれてるのよ！」
ミチオ　「な、出よ、四人で欽ちゃんの下層階級に出よ！　下層階級になろ！」

アキトシ　「もうなってる！　8」
ミチオ　「ジャングル風呂！　欽ちゃん大好きだよ、そういうの。ププププ……
（欽ちゃんの真似で）あげてよう、もうちょっと点数あげてやってよう」
サチコ　「ごーかーく！」
アキトシ　「……もうおそい。7」
ミチオ　「くっそー！　（鎖をひっぱる）おい、サチコ！　サチコ！　斧でやれ、斧で」
アキトシ　「サチコ義姉さんだろ。6」
ミチオ　「サ、サ、サチコ義姉さん。斧で切ってくれって、これ」
サチコ　「でで、でも」
ミチオ　「おい、兄貴、今なんどきだ」
アキトシ　「朝五時だよ。……5」
ミチオ　「うわ、意味なかった！　サチコ。早く」
アキトシ　「4」
サチコ　「早い！　今の早い！」
アキトシ　「3」

ミチオ「サチコ！」
サチコ「いいのね？」
アキトシ「2」
ミチオ「やれ！　俺が焼け死んでもいいのか！」
サチコ「わかったよ（斧を振り上げる）」
アキトシ「1」
サチコ「ミチオ！　ごめん！」

間。

アキトシ「……な、俺達って、最高だったよな」

アキトシ、火をつけようとする。
斧を振りおろすサチコ。

ミチオ　「ぎゃあああああああああ♪☂❤☂」

突然ケイコが出てきて、コーラで火を消し、アキトシの胸ぐらをつかんで連れ去る。
プレハブが開く。
足をチョン切られているミチオ。
斧を持って呆然としているサチコ。

ミチオ　「……ばかやろう」
サチコ　「え？」
ミチオ　「……俺は、鎖を切れって言ったんだよ」
サチコ　「あっ！」

間。

ミチオ「……あ、じゃねえよ……」

裏道にケイコとアキトシがもみ合いながら現われる。
あっという間に池に投げ込まれるアキトシ。
水しぶきが窓にかかる。

アキトシ「(悲鳴)や、やめやめ、やめやめやめやめやめやめろ! 虫太郎! (悲鳴)」

静かになる。
見届けて、窓越しにサチコにデッド・サインを送り、入り口のほうに回るケイコ。

サチコ「……負けるもんか。ね、ミチオ。今あたし、主役っぽくない? 笑っちゃうんだ。今日笑ってても次の日死ぬ奴もいる。でも笑うんだ。音楽流れてるよ。頭に。ね、あんたを守るからね。そうだ、先生の足チョン切って、あんたにくっつけてやるよ。そしたら、もう、どこにだって行けるじゃん。

ね、いろんなとこ、連れてってね」
ミチオ「ああ……（辛うじて立ち上がる）」
サチコ「もっと、いいとこ連れてってね」

ドアが開く。
一瞬サチコ身構える。
ドアから、ずぶぬれ（水草もからまって）のアキトシが転がり込む。咳き込む。
サチコ「……あ、ライオンさん」
アキトシ「……ガオ！」
サチコ「（ミチオのほうを振り返る）え？　カカシさん？」
ミチオ「……（情けなく笑う）」

ケイコが入ってくる。

サチコ　「ブリキさん。……（斧を降ろして）じゃ、あたし、主役じゃん」

ケイコ、サチコの首をつかむ。
サチコ、かかとを三回ならす。
ケイコ、サチコの首をおる。「オーバー・ザ・レインボウ」が、流れる。
間。
ミチオの傷口をタオルで縛るケイコ。

アキトシ　「（見ると股間が血みどろである）……畜生。虫太郎の奴、残ったほうの金玉も食い千切りやがった」
ミチオ　「兄貴よ」
アキトシ　「ああ？」
ミチオ　「あんたのかみさん、死んだぞ」

間。

アキトシ　「あ、そう。……おまえ、それよりキーボード直したのかよ」
ミチオ　「ちょっと、それどころじゃなかったんだよ」
ケイコ　「じゃ、今から直しな」
ミチオ　「え？」
ケイコ　「稼いでもらわなきゃ。子供できるんだから。傷が治ったら、本格的に働いてもらうよ。背広も着れるようになったしね。心配しないで、あんたがこの町で働いて行ける下地は、夜明けまでに作っといてやるから。（地図の赤い丸を確認している）全部で六軒ね。ＯＫ。（携帯が鳴り、受ける）あ、マツザワ君？　…………うん。そう、愛してる？　そう。あのね。私がレトリック使わないの知ってるよね。今度、電話したら、殺すよ。（切る）おにいさん」
アキトシ　「あ？」
ケイコ　「チャッカマン貸して」

アキトシ、チャッカマンをほうる。

ケイコ「ミチオ」
ミチオ「あ？」
ケイコ「私とあんたの子供は、絶対10を3で割るような会話はしないわね」
ミチオ「そう……だな」

ケイコ、出ていく。ミチオ、けんけんで、盗聴器の所に。

アキトシ「おい、ビッコ」
ミチオ「（スイッチを入れる）さすがに、みんな寝てるかな」
アキトシ「あの女さ」
ミチオ「何だよ？　玉なし」
アキトシ「何なんだ？　あの女」
ミチオ「……（ゆっくり）そのうち、だんだん、わかってくるでしょ」

プレハブ、閉まる。
鎧を脱ぎ捨て、ランナーの格好のケイコ。ポリタンクを拾う。

ケイコ　「ミチオ！」

ミチオ、窓に顔を出す。

ケイコ　「命令して（走る姿勢）」
ミチオ　「……」
ケイコ　「命令して！」
ミチオ　「3号機。出動！」

ケイコ、走り去る。
アキトシ、別の窓に顔を出す。

ミチオ　「……今日はぐっすり眠れそうだ」
アキトシ　「そうか」
ミチオ　「夜は寝る。基本だよな」
アキトシ　「今頃気づいたのかよ。福島先生の宇宙体操をマスターすれば、もっと
おまえ」
ミチオ　「誤解すんなよ、兄貴」
アキトシ　「ああ？」
ミチオ　「俺、あんな女好きでも何でもないんだからな。これから、背広着てよ、夜寝て朝起きて、会社入って、上司とかに紹介できねえよ。あんないかれた女。奥さんとどんな会話してんのお、なんて聞かれて、会話ないですう。セックスするだけですう。こいつセックスマシーンですから。……言えねえだろ、それは。奥さんのこと愛してんの？　愛したら殺されるんですう。……言えないって言うの。どんな子供、産まれるんだろうな。……」
アキトシ　「……」

ミチオ　「ちゃんと、しないと、殺されるんだろうな。でも、すげえと思わない？　この世で、ちゃんとしないと首おられる社会人、きっと俺しかいないぜ。首になる社会人いても、首おられるのはさ。世界初だな。そんな社会人。……俺、社会人になるんかなあ」

受信機から悲鳴。

ミチオ　「(振り返る)！」

受信機から、「火事だ」「119番しろ」等、火事場のパニックを表現する声、声。

ミチオ　「もうかよ！」

次第に空が赤く染まりはじめる。

ミチオ　「やりやがった。本当にやりやがった！　なんだよあの女。本当に本気だよ！　俺のために。俺の就職のために。……町に火をつけやがった！」

ミチオ、おかしくてたまらない。

ミチオ　「キチガイだあ！」

町が燃える。
笑い続けるミチオ。
暗転。

あとがき

一九九六年、『マシーン日記』は下北沢ザ・スズナリにて初演された。地方に住んでいる方はあまり存じ上げないだろうが、アパートを改造して作られた小さな古い劇場である。ここは小劇場の聖地と呼ばれている。初めて客として訪れた人は、こんなボロい感じの劇場がなぜ？　と思うかもしれない。しかし、とにかく我々正しき演劇人というものはこの舞台に立つときすっと身が引き締まるのである。滅多なことはやれんぞ、と思うのである。私が二十代の終わりに初めてここで『ふくすけ』という作品を上演したとき、スズナリはすでに、そういう演劇のパワースポット的な存在であった。演劇の先輩たちの「いきおいのある時代」の芝居の記憶が染み付いているからか。でも、それだけでは説明できないロマンをこの劇場に感じてしまう。

ここで人の営みがあった。彼らの幸せや不幸があった。それが日常として繰り返されていた。そこに秘密があるような気がする。かつてアパートの一室だった場所が楽屋になっている。6畳の畳敷きだ。この部屋に住み普通に生活していた人を探し当てたい。聞かれても困ると思うが「どう思う？」と聞いてみたい。

『マシーン日記』は二度目のスズナリ進出だった。『ふくすけ』は、場面転換も多く、最後は歌舞伎町で暴動が起きるようなスペクタルを無理やりこの10畳ほどのステージでやったのだが、今度は、プレハブ小屋の一室、その密室感、という貧乏くさい世界をそのまま舞台上に乗っけた感じになった。そして、その設定はむちゃくちゃスズナリという空間へのおさまりがよかった。リハーサルを終えたあと、「当たるわ、これ」と、しみじみ思ったものである。

ミチオを演じたのは有薗芳記《ありぞのよしき》さん。かつては第三エロチカという劇団の看板俳優で、舞台では体中の毛穴から狂気がダダ漏れしているような人だった。普段はおとなしいのだが、酒を飲むととにかく邪悪。そして、今は多分違うだろうが、シャツから上着から全身紫の服しか着ない人なのだった。乗っている自転車までも紫なのである。なぜ？　と聞いても絶対に教えてくれないのである。怖いなーと思いながら演出していたが、プレハブ小屋に鎖で繋がれ、扇風機の風に涙するミチオの鬱屈した暴力性と孤独、おちゃめな感じまでを有薗さんは寸分の狂いもなく体現してくれた。

ケイコを演じたのは言わずもがな、片桐はいりさんだ。そもそも「はいりさんでなにか書きませんか？」という依頼だった。自分が書くからには、誰もはいりさんに望んだことのない役を書きたかった。それがケイコというセックスマシーンの役である。この女の毒気を持った性が、歪みつつもギリギリのラインで均衡を保っていたミチオ家を崩壊させ、そして、プレハブを中心に破壊は町に広がっていく……。「人間という災害」を描いたという点においては、そうか、今思えば『ふくすけ』と同じ結末か。本当は『セックスマシーン』というタイトルにしたかったのだが、地方公演を多くやる興行会社への書き下ろしゆえ、地方の興行は教育委員会も関わっているケースも多いから、タイトルを変えてくれと言われ、では、ということで、『マシーン日記』という今となっては「お馴染みの」感はあるけれど、なんとも聞き座りの悪いタイトルになったのを思い出した。

はいりさんの普段のヘラヘラした感じ、いや、ヘラヘラはひどいな、正式な常識人的なふるまいから、このまともなことを一行たりとも喋らないケイコの役へのスイッチングの速さは尋常ではない。その説得力。いまだにはいりさんには、信頼しかない。

そしてこの作品は何度も何度も再演されることになる。どれだけ地方を回ったか、もはや数えることもできない。

本多劇場でやったときは、ミチオを阿部サダヲが、アキトシを私が演じた。当時のビデオを見ると、二人とも目つきがどうかしている。なにしろ、私は、この肉体の限界にいどむようなヘビーな芝居に出演しながら、別の芝居の稽古も同時にやっていたのだ。狂気の沙汰に陥っていなければそんなマネはできるはずはない。

この芝居は、またのちにケイコ役を峯村リエさんで、ミチオ役を少路勇介で再演し、それはパリでも上演された。開演前に私は、「欽ちゃんの仮装大賞」や「鳥人間コンテスト」についての解説をフランス語で観客に説明した。

ウケた。たぶん、そんなことしてくれる演出家はいないのだろう。「パリの人を、笑わせてる」という実感は、人を笑わせることに人生そのものをベットしてきた自分にとって、感慨深いにもほどがあるひとときだった。

そしてこの作品は、二〇二一年のコロナ禍のなか、私が現在芸術監督を務めるBunkamuraシアターコクーンにて上演される。もしかしたら上演されない危険も現時点の情勢ではありえないこともないわけだが、上演されることを信じて、このあとがきを書いている。

アパートを改装して造られたスズナリで始まったこの芝居が、四半世紀の時をおいて、デパートに隣接した、空間的には何十倍にもなるコクーンの舞台でどんなふうになるのか、……まったく想像がつかないが、私が演出するわけではないので楽しみでしかない。

ここにいたるまで、数々のミチオがいて、ケイコがいて、アキトシがいて、サチコがいた。みな、ゴミ溜めのような舞台で毎日毎日ぐちゃぐちゃの汗みどろでのたうち回った。それがあって、今の『マシーン日記』がある。これからもきっとある。特に片桐はいりさんがいなかったら、この作品はありえなかった。

俳優たちに一度もこんなことを言ったことがない。この新版が出るに当たって、一度だけ言いたい。

毎日ぐちゃぐちゃになってくれて、ありがとうございました。

私だってたまにはまともなことを書いて文章を終わらせることぐらいできるのである。

松尾スズキ

二〇二一年一月

上演記録

マシーン日記

２０２１年２月３日(水)～２月27日(土)　東京・Bunkamura シアターコクーン
２０２１年３月５日(金)～３月15日(月)　京都・ロームシアター京都 メインホール

キャスト

ミチオ：横山裕
アキトシ：大倉孝二
サチコ：森川葵
ケイコ：秋山菜津子

スタッフ

作：松尾スズキ
演出：大根仁
音楽：岩寺基晴、江島啓一、岡崎英美、草刈愛美（サカナクション）
美術：石原敬　照明：三澤裕史　音響：山本浩一　映像：上田大樹　衣裳：髙木阿友子
ヘアメイク：稲垣亮弐　振付：HIDALI　演出助手：井口綾子　舞台監督：齋藤英明、幸光順平
制作助手：間所珠世　制作：石井おり絵　チーフ・プロデューサー：森田智子、金子紘子
エグゼクティブ・プロデューサー：加藤真規
企画・製作：Bunkamura
東京公演主催：Bunkamura
京都公演主催：サンライズプロモーション大阪

注意事項

戯曲を上演・発表するさいには必ず、（稽古や勉強会はのぞき）著作者・権利管理者に上演許可を申請してください。

『マシーン日記』については、次頁の「上演許可申請書」を切りとって記入したうえで、以下の住所へ郵送してください。

申請書を受理しましたら、折り返し、上演の可否と上演料をご連絡させていただきます。

上演料の計算根拠としますので団体名、会場名、入場料の有無、入場者数の見込み等を明記してください。

特記事項がある場合は、備考欄に記してください。

有限会社 大人計画
〒156-0043　東京都世田谷区松原 1-46-9　OHREM 明大前ビル 201
Tel：03-3327-4333　Fax：03-3327-4415

＊劇中歌を利用する場合は、別途、一般社団法人日本音楽著作権協会（JASRAC®）までお問い合わせください。

上演許可申請書

年　月　日

申請者

印

団体名	
作品名	『マシーン日記』
作者	松尾スズキ
演出家	
担当者 (連絡先)	氏名： 住所： 電話： Mail：
上演期間	年　月　日(　)～　年　月　日(　)
ステージ数	ステージ
会場	
料金	前売　円　当日　円　／　無料
動員見込み (キャパシティ×ステージ数)	人
備考	

第1刷

装画　松尾スズキ
装丁　守先正

著者略歴

1962年生まれ。九州産業大学芸術学部デザイン科卒業。大人計画主宰。

主要著書

『ファンキー！　宇宙は見える所までしかない』
『マシーン日記／悪霊』
『ふくすけ』
『ヘブンズサイン』
『キレイ　神様と待ち合わせした女』
『エロスの果て』
『ドライブイン カリフォルニア』
『まとまったお金の唄』
『母を逃がす』
『ウェルカム・ニッポン』
『ラストフラワーズ』
『ゴーゴーボーイズ ゴーゴーヘブン』
『業音』
『ニンゲン御破算』
『命、ギガ長ス』

マシーン日記2021

2021年 1 月20日 印刷
2021年 2 月10日 発行

著　者© 松尾スズキ
発行者　及川直志
発行所　株式会社白水社
電話　03-3291-7811（営業部）7821（編集部）
住所　〒101-0052 東京都千代田区神田小川町3-24
www.hakusuisha.co.jp
振替　00190-5-33228
編集　和久田頼男（白水社）
印刷所　株式会社理想社
製本所　誠製本株式会社

乱丁・落丁本は送料小社負担にてお取り替えいたします。

ISBN978-4-560-09835-6

Printed in Japan